我的幸福婚約

三

顎木あくみ

輕文學
Light Literature

目錄

序章

在寒冷的秋季晚風吹撫下，男子踩在滿是枯葉的山路上快步走下山。

今天，他不小心太晚才踏上返家的路，這裡離村子還有好一段距離。

（聽說最近有可疑的傢伙到處亂晃啊……）

根據傳聞，已經有好幾名村人目擊穿得一身黑、同時還把自己的臉整個遮住的可疑人影。

儘管對方並沒有直接做出什麼足以引發騷動的行為，但畢竟外觀打扮是那副德性，目擊者全都覺得心底發毛。

急著趕路的男子還年輕、也算有力氣，但這種真實身分成謎的存在，總會讓人感到幾分畏懼。

（不要遇到奇怪的東西，當然是最好的嘛。）

他想要趕快回家，洗個熱水澡、喝點酒、然後躺床就寢。快步走在回家路上的他，身子因寒冷的氣溫而瑟瑟發抖。

這時，男子突然停下腳步。

他似乎聽到附近傳來聲響，類似踩踏在雜草或枯葉上的腳步聲。他原本以為是自己的腳步聲，但這個聲音感覺是從較遠的地方傳來。

（是野鹿或山豬嗎……要是野熊就糟了。）

最好在對方發現自己之前趕快離開這裡——這麼想的同時，男子的雙眼捕捉到一個黑影。那很明顯不是動物，而是以雙腳步行的人類的身影。

除了村落裡的居民以外，幾乎不會有其他人踏進這一帶的山林。觀光客或住在別墅裡的人，基本上不會專程上山。而且，若是有外地人進出這座山，很容易引人注目，因此也一定會出現相關傳聞。

一如最近眾人蔚為話題的黑衣人影。

（感覺很不妙啊。）

然而，倘若對方是可能危害村落的存在，是可能涉入什麼犯罪行為的可疑人物的話……

男子嚥了嚥口水，然後下定決心朝著人影離去的方向邁出腳步。

前進沒多久之後，他隨即發現了那個可疑的人影。或許是想要避免被人發現吧，對方以一襲黑色披風掩藏自己的身影。

要不是男子的夜間視力特別優秀，恐怕也無法發現他。

（他連臉都遮住了，所以八成就是那個……）

錯不了的，對方想必就是傳聞中的黑衣人。

披著披風的那名人物，一邊環顧四周的情況，一邊朝山下走去，似乎很不希望他人發現自己的行蹤。

屏氣凝神地在他身後跟蹤的男子，不禁有些不解。

朝這個方向繼續走下去的話，前方只有一間老舊的小屋。那是很久以前建造在村落外頭的屋子，因為有倒塌的危險，目前已無人使用。

難不成，那間不再有人使用的小屋，現在成了罔顧法紀的惡人聚集的場所？

（倘若真是如此，就更有必要一探究竟了。）

至今，村落裡的目擊者都覺得黑衣男看起來很詭異，因此不敢跟蹤調查他。

要獨自一人跟蹤對方，其實也讓這名男子很害怕。然而，要是坐視不管，導致最後發展成嚴重的事態呢？想到這裡，身為村落一員的責任感，便戰勝了男子內心的恐懼。

他與黑衣人維持著一定的距離，在不會被對方發現的情況下繼續跟蹤。

待小屋出現在視野範圍之中後，男子停下腳步，仔細觀察黑衣人打開小屋大門走入其中的行動。

（啊……小屋裡面還有另一個人嗎？）

從打開的大門內側隱約能窺見另一個人影，看來，似乎有兩個以上的人聚集在小屋裡頭。

該不該過去勸諫他們呢？

不。倘若對方人多勢眾，他還是不要一個人出面比較好。畢竟他們看上去就是很可疑的集團，身上說不定還藏有危險的武器。

還是先返回村落報告這件事吧。這麼下定決心後，男子轉身——然後看見了。

一個高壯的身影，在沒有發出任何聲音或氣息的狀態下，來到他身後靜靜佇立著。

有著七尺(註1)以上的身高、以及寬闊魁梧體格的這名人物，以緩慢的動作俯瞰著下方的男子。在兩人視線對上的瞬間，一種吱嘎吱嘎、吱嘎吱嘎的聲響跟著傳來。即使不情願，這種類似磨牙聲、聽來令人不快的異音，仍不停傳進男子耳中。

這名人物跟方才那個人影，同樣都披著一襲黑色披風。

這傢伙不是人類——男子的直覺這麼定論。

（好可怕、好可怕、好可怕！）

註1：約兩百公分。

男子有種心臟被人以冰冷的手一把揪住的感覺。他的背脊發冷，上下排牙齒也嚇得不停打顫。慌慌張張往後退了幾步後，因為過度焦急而沒站穩腳步的男子，一屁股跌坐在地上。

壯碩的人影一邊發出吱嘎吱嘎聲，一邊朝男子靠近……仔細一看，男子發現牠的頭上生著兩根又粗又長的尖角。

「嗚……嗚哇啊啊啊！」

忍不住發出慘叫聲之後，男子就這樣失去意識。

第一章　公公的邀請

時節完全進入秋季，吹拂的風也變得十分涼爽。天空蔚藍澄澈，雲朵像是被毛筆刷開那樣輕盈綿長，還能看見蜻蜓悠然自得地遨翔於空中。

被寒冷氣息籠罩，卻依舊熱鬧非凡的街頭上，有兩名結伴同行的女子。一個是身穿連身洋裝和薄大衣的美女，一個則是穿著米白底色、再以符合秋季氣息的橡實圖樣點綴的和服的少女。

在鋪設得相當美觀的道路上前進的和服少女名為齋森美世，是帝國屈指可數的名門世家久堂家的年輕當家——久堂清霞的未婚妻。

「能順利買完東西，真的是太好了。」

走在美世身旁開心地這麼說的，是她未來的大姑久堂葉月。美世露出微笑回應：

「是的。謝謝您陪我一起來，姊姊。」

「不客氣。雖然我覺得好像只有我樂在其中呢。」

「不，我也逛得很開心喲。」

跟葉月相識之後，一下子就過了幾個月的時間。這段期間裡，雖然發生了大大小小的風波，但美世現在仍會每個星期和葉月見兩、三次面，努力學習如何成為一名完美的淑女。

不過，要是光顧著念書，恐怕會令人喘不過氣。

因此，葉月表示今天要來一場未來的姊妹的「約會」——好像是這樣吧。

在美世不解地反問「那指的不是男性和女性相約見面嗎？」之後，葉月以「沒關係！不然，我來擔任男方吧。」這種沒頭沒腦的回應強行決定，於是就演變成現在這種情況。

不過，跟葉月一起出門，也是令人很開心的一件事，因此美世沒有半句怨言。

「呵呵呵，太好了——吾弟，你就等著瞧吧。你之後絕對會哭著感謝我。」

葉月美麗的臉蛋上，浮現了宛如惡質官吏那樣的笑容。

兩人一同前往百貨公司購買的，是美世要穿的西式服裝。

美世原本就對西式服裝有點興趣，但實在沒有自己主動購買的機會和勇氣。在這種情況下，葉月開口了。

『我好想看看美世妹妹穿上西式服裝的模樣呢。絕對會很可愛呀！』

因為葉月這樣地慫恿，美世終於下定決心購買。

不過，她也不否認自己其實有點想看到清霞吃驚反應的事實。

「……可是，我還是覺得很緊張呢。不知道老爺會怎麼說……」

「沒問題的。因為妳試穿的時候，就已經非常、非常可愛了呀！那個不解風情的大木頭，絕對也會露出一臉好色的表情喲。」

美世試著想像臉蛋清秀的未婚夫露出好色表情的模樣，總覺得有點……不過，倘若真的如葉月所言，她也會很開心。

「能這樣的話就好了。」

「一定沒問題的，鼓起自信來。等到習慣西式服裝之後，再來挑戰禮服吧。」

兩人聊著天，然後來到轎車停駐的帝都外圍。

因為已經達成購買西式服裝的目的，她們打算早些打道回府，繼續念書學習到晚餐時間為止。

時節還是春季那時，久違外出的美世因為不習慣外頭的世界，總顯得有些提心吊膽；但現在，終於習慣的她，變得能夠單純享受外出的樂趣了。

（老爺工作的地方，也跟這裡很近呢……）

因為同一條路來回走過好幾次，美世已經記得該怎麼走了，所以一個人外出理應也不會有問題。不過，清霞、葉月和由里江會不會允許她這麼做，則又是另外一回事。

在美世思考這些的時候，一名原本走在前方、雙手環抱著巨大行囊、和服打扮的男子，腳步突然踉蹌了一下。

「啊！」

「那個人不要緊吧……咦，哎呀？我好像對那個背影有印象……」

美世和葉月面面相覷。

隨後，男子在路旁蹲了下來。

或許是身體不適吧。總覺得不能坐視不管的兩人，慌慌張張地趕到男子身旁。

「您還好嗎？」

美世將手輕輕放在男子的背上，再望向他的臉之後，不禁瞬間屏息。

男子的臉色相當蒼白。但比起這個，他端正得令人吃驚的樣貌，更加吸引美世的注意力。

白淨而眉清目秀的臉龐，帶點中性的感覺。儘管馬上能看出對方是一名男性，但他散發出來的氣質，卻帶著宛如深居簡出的名門千金那樣的嬌柔。

（這位男性……好像……）

一瞬間在美世腦中閃過的這個想法，隨即因焦急的情緒而消散。

望向她的男子不停冒著冷汗，看似相當痛苦。

「謝謝妳，親切的小姐，不過，我這是老毛病了……」

「咦？那個……這、這樣啊？」

儘管對方這麼說，但美世也不好丟下一句「是嗎，那再見了」就離開現場。該怎麼辦才好呢？在美世蹙眉思考時，她突然聽到原本去讓司機把轎車開過來的葉月發出一聲驚呼。

「這聲音……難不成是爸爸？」

「嗯？我還以為是誰呢，原來是我可愛女兒的幻影嗎？咳咳！看來，我終於要死了啊……」

男子一邊咳嗽，一邊道出莫名其妙的臺詞，連眼神都變得縹緲起來。

完全無法理解現況的美世，只能一臉茫然地愣在原地。另一方面，葉月重重吐出一口氣，臉上已經沒了方才的焦急神情。

「你在說什麼傻話呀。而且，你會來到這種地方，該不會……沒辦法了。這裡距離清霞工作的地方不遠，就讓爸爸去那裡稍做歇息吧。」

「那個，姊姊。呃……這麼做沒關係嗎？」

不用去醫院一趟嗎？而且，在這種大白天的時段前往清霞工作的地方，恐怕會給他添麻煩吧？

美世有些不安地這麼問，但葉月只是一派輕鬆地揮揮手表示「沒關係、沒關係」。

「不要緊的，就算去醫院也沒用。再說，這跟清霞也不是完全無關的事情呀。」

美世照著一臉無奈的大姑的指示，和她一起攙扶著男子前進，沒消多久的時間，便來到了未婚夫的職場——對異特務小隊的值勤所。

「所以？為什麼會變成這樣？我可不是閒著沒事啊。」

身穿軍裝的清霞，以手按著自己的太陽穴這麼嘀咕。

在對異特務小隊的值勤所會客室裡，美世和清霞、葉月和男子分別坐在兩張面對面的沙發上。

「有什麼關係嘛，因為你這邊很近呀。」

葉月帶著一臉若無其事的表情這麼回應。

「當然有關係了。在值勤時間把我找過來，我會很困擾。」

「那個，老爺……對不起。」

看到未婚夫打從內心感到厭煩的反應，美世有些愧疚地向他賠罪，但他只是朝美世露出微笑，然後以一句「不」否定。

「這不是妳的錯，反正始作俑者一定是這兩人。」

說著，清霞對坐在對面的兩人投去無比犀利的視線。

然而，葉月依舊是一副不關己事的態度，她身旁的男子則是變得雙眼閃閃發亮。

「清霞！好久不見了，我好想你啊！你過得好嗎？因為你完全不來老家露臉——咳……咳咳！」

猛地從沙發上起身，想要朝清霞走近時，臉色仍很蒼白的男子開始劇烈咳嗽。

「唉……拜託你安分一點吧。真是的，這可不是在開玩笑耶。」

極其用力地嘆了一口氣之後，清霞再次轉頭望向美世。

「就是這麼一回事，美世。這名臉色蒼白的中年男子，是我們的父親，亦即前任久堂家當家久堂正清。」

美世方才聽到葉月稱呼這名男子「爸爸」，所以大概也猜到了。

難怪她總覺得似曾相識。

一開始看到這名男子——正清的長相時，美世隨即覺得他長得跟清霞很像。

雖然膚色同樣白皙，但正清不像清霞那樣，連髮色或眼珠的顏色都很淺。不過，擁有絕世的美貌這點，兩人倒是如出一轍。

應該說，完全看不出來正清已是邁入中年的歲數。算算大概接近五十歲的他，不管怎麼看，頂多也只像三十來歲的青年。乍看之下，跟清霞簡直像是一對兄弟。

一下子接收到諸多令人震驚的嶄新資訊的美世，先是朝對自己說明的清霞點點頭，然後開口跟正清打招呼。

「那個……初次見面，我是齋森美世。」

「初次見面，我叫做久堂正清，是葉月和清霞的父親。請多指教喔。」

「是、是……請您多多指教。」

看到正清伸出蒼白而細瘦的手腕，美世懷著緊張的心情，戰戰兢兢地握住。

（他果然相當瘦削呢。）

儘管正清的五官樣貌和清霞極為相似，但仔細看的話，便會發現兩人的表情和體型截然不同。

清霞雖然生得一張瓜子臉，但身為軍人的他平日鍛鍊有加，所以體格其實意外地結實健壯。時常握劍的掌心，也因為長繭而有著偏硬的觸感。

相較之下，正清的體型則是如同他的瓜子臉給人的印象那般清瘦。他的個子似乎也比清霞矮一些，掌心的皮膚則是薄到甚至有些透明。

「抱歉，美世，給妳添麻煩了。如妳所見，我父親是個身子孱弱的人。」

「所以，就算上醫院也無計可施呢。」

清霞看起來很無力，葉月也一臉無奈地輕輕搖頭。

不同於反應平淡的這兩人，正清朝美世露出燦爛開朗的笑容。

「咳咳！妳幫了我一個大忙呢，美世。剛才能遇見妳真是太好了。咳咳！能有一個像妳這般溫柔善良的媳婦，我是何等幸福啊！咳咳！」

「拜託你閉上嘴吧。」

「請你安靜休息一下，爸爸。」

隨即被自己的一雙親生兒女毫不留情地吐嘈，讓正清有些沮喪地垂下雙肩。

或許是判斷再這樣下去，對話也不會有所進展吧，清霞以一句「所以呢？」重啟話題。

「你怎麼會來這裡？應該是有什麼事情要辦吧？」

「對！正是如此。」

看到正清又激動地想要起身，坐在一旁的葉月連忙拉住他的手臂制止。

美世決定先來整理一下自己腦中現有的情報。

在正清卸下久堂家當家的頭銜後，他和清霞之母便一直住在其他地區的別墅裡，幾乎不會造訪帝都。

雖然只是個人臆測，但在經過這一連串的事情後，美世推斷理由或許在於正清虛弱的體質。

於是，位於帝都中心、規模相當大的久堂家主宅邸，便只剩下葉月一人居住。清霞則是移居位於郊區的小型房舍裡。這便是目前的狀況。

一家人完全是分散各地的狀態。

「我是來見你們的。」

待情緒恢復平穩後，正清一臉嚴肅地這麼開口。清霞對他投以詫異的視線。

「為什麼這個時間來？事到如今……」

「啊……嗯，我也覺得真的是事到如今呢。不過，你也知道的嘛，夏天來的話，我可能會因為太熱而倒下啊。」

「噢……」

「話雖如此，但一開始負責作媒的我，一直沒有過來確認狀況，感覺也說不過去。而且，我也想看看久未見面的女兒和兒子過得好不好嘛。」

「這樣的話，你應該事先聯絡我們一下呀，爸爸。」

葉月這句話可說是再正確不過。既然也為自己虛弱的體質感到不安，就應該在出發前聯絡自己的兒女才對。

聽到她這麼說，正清嘻皮笑臉地表示：

「我想說來個突襲啊。」

聽到他的答案，清霞和葉月異口同聲地以「這樣只是給人添麻煩！」的怒吼回應。

最後，因為不好打擾值勤中的清霞太久，美世、正清和葉月選擇換個地方。

三人來到久堂家的主宅邸，這裡不愧是名門世家的氣派豪宅。

（好大的房子呀……）

久堂家主宅邸的規模，大到足以令人嘆為觀止的程度。因為實在是太壯觀了，美世想像倘若有一天必須入住這裡的情況時，忍不住因為自己和這棟華美的房舍過於格格不入，而感到背脊發涼。

「來，別客氣，美世妹妹。進來吧。」

在現在的家宅之主葉月的催促下，美世首次踏入久堂家的主宅邸。

宅邸外觀採西式風格設計，外牆是淡黃色的石磚材質。隨處可見藤蔓圖樣的雕花。從雙開式的大門踏進宅邸內部後，裡頭是鋪著高雅墨綠色地毯、十分寬敞的玄關大廳。挑高設計的天花板，就算兩個美世疊起來可能都搆不著。

環顧室內時，美世發現在玄關牆壁的高處，鑲嵌著色彩鮮豔的花窗玻璃。

西式建築的房舍總會讓美世有幾分卻步，過去造訪母親娘家的薄刃家時亦是如此。因為她出生在純正日式設計的家屋裡頭，而目前和清霞一起居住的房舍，也是走日式風格的民宅，所以，或許是習慣與否的問題吧。

此外，薄刃家只是將二樓的內部裝潢改為西式風格，但久堂家的主宅邸則是不折不扣的豪宅，因此更讓美世感到緊張。

「對不起喔，美世妹妹，感覺突然把妳捲入很奇怪的狀況裡。」

聽到葉月語帶愧疚地這麼說，美世連忙搖搖頭。

「不、不會，那個……雖然得知了很多令人驚訝的事，但我完全沒有因此感到困擾。而且，我其實一直很在意自己還沒有跟老爺的雙親見過面一事。」

「這樣呀。」

之前，清霞曾對她說過「沒有必要刻意去跟我的父母見面打招呼」之類的話。他表示現任當家是自己，因此關於結婚一事，也不需要一一去徵求父母的許可或看法。

然而，就算清霞不讓自己的父母發表意見，一個完全沒露過臉、也不曾上門打聲招呼的媳婦人選，恐怕也不會讓他們懷抱什麼正面的印象吧。美世有察覺到清霞不太想和自己的雙親見面的想法，但如果讓他們對自己留下不好的印象，她會覺得很難過。

身為清霞的未婚妻，她希望能和他的父母好好見個面、打聲招呼，建立起良好的互動關係。

（這麼做的話，大家一定都會幸福的。）

因此，對美世來說，看到正清像這樣主動來和他們見面，而且又願意以溫柔的態度對待她，實在是一件令人喜出望外的事情。

「哎呀～真令人懷念呢。」

正清環顧玄關，以開心的語氣這麼表示。

「因為你很少來這裡嘛。」

「嗯，美世，遲了這麼久才過來露面，真的很抱歉。我應該要更早一點過來看看你們的情況才對。」

「不，請您別放在心上。」

這麼回答後，美世猛然想起一件事。

沒錯，替清霞和美世作媒的人，不是別人，就是眼前的正清。這樣的話，有個問題美世非得向他確認不可。

三人移動到宅邸的休閒室裡。

這裡同樣是個相當華美的房間。牆壁和天花板上刻著散發出異國風情的幾何圖樣，燈具則是華麗的花朵造型。沙發採用皮質材料，連木製的椅腳部分都雕上了精緻不已的雕花。

為室內氣派的裝潢感到情緒緊繃的美世，淺淺地坐在不用問也知道價格非凡的那張沙發上。

在香氣四溢的紅茶和看起來十分美味的茶點被端上桌時，美世主動開口了。

「請問……」

「什麼事？」

聽到她以謙卑的語氣小心翼翼地向自己搭話，正清露出笑容微微歪過頭。

「我這樣的人選……真的可以嗎？」

聽到美世的提問，葉月皺眉輕喚「美世妹妹？」然後放下手中的茶杯。

「這是什麼意思呢，美世？」

「在老家──我幾乎被當成一個不存在的人。知道我其實是齋森家女兒之一的人，恐怕也屈指可數……」

室內的氣溫感覺瞬間下降了好幾度，但美世不能在這種時候退縮。她竭盡僅存的些許勇氣繼續往下說：

「說到齋森家的女兒，一般指的都是舍妹。我會來到久堂家，真的只是純粹的巧合而已。」

妹妹曾說過，比起美世，自己更適合清霞之妻這個身分。面對她這句發言，美世以「我不願意讓出清霞身邊的位置」回應。

美世無法以「我才是適合成為清霞妻子的人」這樣的回應反擊。實際上，在那個時間點，擁有足以成為久堂家夫人能力的，確實是妹妹香耶。

存在不被任何人知曉、同時又一無所有的自己——美世實在不認為正清會想讓這樣的人物和自己的兒子結為連理。

「所以，妳覺得我們當初想找的人恐怕並不是自己……是嗎？」

「是的。」

聽到正清將自己的想法化為言語道出，美世不禁胸口隱隱作痛。儘管他說的明明是事實。

清霞曾說過，他想要美世陪在自己身邊。而美世也已經決定，無論今後發生什麼事，她都會相信清霞。儘管如此，她仍害怕聽到清霞說他不再需要自己。

她不自覺地垂下頭來。

不過，正清用來回應她的，並不是冰冷的話語或態度。

「我這麼做的話，清霞或許會生氣呢。」

不過，應該無妨吧——說著，正清伸出手溫柔地摸了摸美世的頭。

「的確，我當初聽聞的齋森家女兒的情報，應該是關於妳妹妹的。」

「是。」

「不過，我也知道妳喔。」

美世不禁猛然抬起頭來。

映入眼簾的，是正清看起來有些困擾的苦笑。

「其實，我是在聽過齋森家女兒的傳聞後，又再調查了一下，然後發現齋森家還有另一個女兒，所以想說嫁過來的人也有可能是她。純粹是這樣罷了。」

齋森真一極其疼愛和第二任妻子生下的女兒，是眾所皆知的事情；不過，要發掘他其實還有一個女兒的事實，也並非難事。

因此，正清刻意不指名，只是委託熟人前往齋森家，以「讓府上的千金和小犬成親如何？」的說辭說媒。

兩名女兒之中，最後來的究竟會是誰呢——這次的作媒，感覺像是一場賭博。

「因為清霞遲遲不肯結婚，我最後索性決定交給上天安排……幾乎可以說是已經自暴自棄的狀態呢。」

「自暴自棄……」

「啊！當然，我也明白這麼做對齋森家相當失禮，我其實也覺得頗愧疚呢。」

聽到正清這麼說，美世不知該作何反應，不禁有些手足無措起來。

「這樣的做法對妳也很失禮呢，美世。真的非常抱歉。」

「不……不會。」

「不過，雖然這種做法確實不太好，但我完全不覺得後悔喔。應該說，我甚至想稱讚當時的自己幹得好呢。」

正清以雙手抱胸，「哼哼哼」地露出一臉得意的表情。

「因為啊，美世……自從妳來了之後，清霞就變了呢。」

「咦？」

美世愣愣地眨眨眼。

（老爺他……變了嗎？）

聽到正清這句話，美世總覺得沒有頭緒。打從一開始，清霞就是個十分溫柔的人，她也隨即明白說清霞冷酷無情的那些傳聞，都並非真實。

當然，美世也能想像，清霞過於清秀端正的樣貌、以及他不擅言詞的個性，恐怕會讓周遭的人有所誤解。不過，身為父親的正清，想必早已理解清霞的內在為人了吧。

正清並沒有替美世解開她的疑問。

「所以，美世，妳不需要感到不安喔。我打從內心覺得嫁過來的人是妳，真的太好了，也很感謝這樣的妳。」

「非常……謝謝您。」

美世的胸口滿溢著感動的情緒。

還待在齋森家時，她真心認為自己沒有半點價值。直到現在，美世仍覺得那陣子的自己，雖然不到毫無價值的程度，但依舊是個空虛而無藥可救的人。

儘管如此，來到清霞身邊後，大家都說美世的存在是必要的。

美世從來不知道，這種彷彿只對自己有好處的世界，原來是存在的。她甚至忍不住反過來懷疑「我真的可以過得這麼幸福嗎？」

「芙由現在雖然還在鬧彆扭，但她一定也願意接納妳的。」

「……芙由？」

「你說媽媽？不會不會，不可能的。」

正清口中的「芙由」，看來似乎是他的妻子——葉月和清霞的母親之名。

看到葉月露出打從心底感到厭煩的表情，美世不禁吃了一驚。這應該是她第一次目睹葉月表現出如此明顯的反感態度。

「真是的。你們這兩個孩子，為什麼會這麼討厭自己的親生母親呢？」

「該說討厭嗎……可是，應該沒人會喜歡那種幾乎三百六十五天都在鬧彆扭的人吧？」

「妳這番話，好像是在兜圈子說我是怪胎耶……不過，這方面的話題，其實跟我今天來到這裡的理由也有關，所以，我們等清霞來了以後再繼續吧。」

之後，三人又天南地北地閒聊起來，太陽也在不知不覺中開始西斜。

閒話家常是一件很開心的事。然而，美世實在不習慣只是坐著讓別人服侍。

就在她因為閒到發慌，而快要坐不住的時候，清霞終於抵達久堂家的主宅邸。

「少爺回來了。」

聽到前來報告的傭人這麼說，美世迅速抬起頭來。

所謂的少爺，指的便是清霞。基於清霞現任當家的身分，原本應該以「老爺」稱呼他才對；但因為前任當家正清實在是太早退休了，於是，久堂家便採用稱呼正清為「老爺」、清霞為「少爺」的做法。

稍稍有種「得救了」的感覺的美世，馬上飛快衝出休閒室。

「老爺，您辛苦了。」

來到本宅邸玄關處恭迎清霞入內時，看起來似乎是火速趕過來的他，露出淺淺的笑容回應了一聲「嗯」。

美世一如往常地從清霞手中接過他的軍裝外衣。這時，清霞突然轉過身，一雙眼睛直直盯著她瞧。

「美世，我父親有沒有對妳做什麼？」

「呃、呃，您所謂的做什麼是指什麼呢？」

「突然抱住妳、握住妳的手、摸妳的頭、或是對妳說些花言巧語之類的。」

清霞一口氣道出一連串的例子，美世不禁心驚了一下。他所舉的例子之中，正好有一個是自己體驗過的。

同時，清霞並沒有忽略美世臉上細微的表情變化。

「看來是有嘍？」

「不、不是的，那個……我……」

「是嗎？我明白了。我現在馬上讓那個無可救藥的父親化為一片灰燼。」

一團藍色的火焰，在變得面無表情的清霞的掌心「噗」地浮現，然後消失。

美世連忙拉住靜靜點燃怒火的未婚夫的手臂。

「不、不可以這麼做！」

「有什麼關係呢。少了一個吵吵鬧鬧的傢伙，會清靜很多。」

「有……有關係呀。要是老爺變成殺人犯，我會很難過的。」

難得有個能讓這對父子跟彼此說話的機會。或許沒有必要勉強自己跟對方好好相處，但美世希望他們至少能透過對話來解決問題。

「……」

「……」

大概是感受到美世真誠的心意了吧，清霞像是拗不過她的堅持那樣，暫時平息了自身的怒火。

「真沒辦法，那我姑且聽聽他怎麼辯解吧。」

「是。」

傭人領著兩人來到晚餐室後，餐桌上已經備妥晚餐，葉月和正清也入座了。

兩人帶著調侃的笑容望向清霞和美世。

「哎呀，你們還真是姍姍來遲耶，不就是從玄關走過來而已嗎？」

「嗯嗯，根據我的想像，他們一定是在玄關上演『我回來嘍，Honey～』『歡迎回來，Darling～』這樣的戲碼呢。」

哈尼？達令？美世沒聽過這樣的詞彙，是外語嗎？

在她感到不解的同時，身旁傳來一股會讓人誤以為自己身處凍土區那樣冰冷刺骨的氣息。

「馬上收回你那噁心的妄想，不然我一把火燒了你。」

「怎麼說是噁心呢，我跟芙由都是透過這種方式，來確認彼此的愛呢！」

「咦，跟媽媽做這種事？你是認真的嗎？」

正清像個孩子那樣不滿地鼓起腮幫子，葉月則是對他投以一副「真是難以置信」的眼神。

察覺到再這樣下去，可能會沒完沒了的美世，連忙以「老爺」輕呼清霞，催促他在餐桌前就座。

「那麼，各位，我們開動吧。」

在主人葉月的招呼聲下，眾人各自拾起手邊的筷子或西式餐具。

今天在久堂家主宅邸享用的晚餐，大家的菜色都各有不同。

或許是出自於廚師的貼心吧，廚房為身體狀況欠佳的正清準備的，是容易入喉的粥類、以及豆腐類的餐點。葉月是以蔬菜為主、外觀看起來色彩繽紛的沙拉和湯。清霞則是一如往常的魚類和燉菜等日式餐點。

擺放在美世前方的餐點，菜色幾乎跟清霞差不多。

灑上西洋香草和日式佐料的當季鮮鮭，調味罕見但美味。味噌湯裡加了鬆鬆綿綿、甜度偏高的地瓜。使用大量香菇、鴻喜菇和舞菇等菇類的涼拌菜色，調味不會過鹹，鮮美的高湯也讓滋味嘗起來更有深度。

（好奇特的滋味……不過，也相當美味呢。）

不愧是久堂家的廚師，除了烹飪技巧以外，確實顧慮到用餐者的細膩心思也是一流的。他們料理食材的方式，或許有可能是身為外行人的美世完全想不到的。

美世一邊勤奮地動筷，一邊試著盡可能記住這些菜色之中能夠參考的地方。

片刻後，待眾人差不多都已經享用了一半的餐點時，清霞開口切入正題。

「那麼，關於白天沒能聽你好好說明的那件事──」

「啊……嗯，說得也是。好久沒來主宅邸用餐，讓我吃得有些忘我呢。」

說著，正清又「嘎哈哈哈」地笑了幾聲，而這樣的笑聲，很明顯讓清霞更加不耐。

「就先把玩笑話擱置一旁吧。一如我白天所說的，我會造訪這裡，無非是因為想看看你們、還有帝都和這間主宅邸現在的模樣。不過，其實還有另一個理由。清霞、美世──」

這麼開口呼喚後，準公公依序望向清霞和美世的臉，以一本正經的語氣表示：

「我想邀請你們倆到我和芙由居住的別墅作客。」

「！」

感到吃驚的人只有美世。或許是大致上猜到了吧，清霞和葉月看起來不為所動。

清霞的回答則是相當簡潔有力。

「我拒絕。」

這次，美世倒不覺得驚訝了。

從清霞方才的表現看來，他會這麼回答，也是顯而易見的事情。

老實說，美世其實很想去別墅看看，但要是清霞排斥的話，她也不打算勉強他答應自己的要求。

「雖然很想這麼說……」

正當美世有些失望的時候，清霞以打從心底感到厭惡的語氣繼續往下說——

「但現在恐怕也不能拒絕了……雖然很不情願，但我們會接受這個邀請。」

「哎呀，可以嗎？」

「工作上發生了一些我不得不前往別墅一趟的事情。會暫時住在那裡，只是順便而已。」

「您是為了工作而去嗎？那麼，讓我同行沒關係嗎？」

倘若清霞是為了軍務而造訪別墅，美世跟著去，說不定會妨礙他的工作。

聽到美世不安地這麼詢問，清霞朝她淺淺一笑。

「不要緊。只要不直接跟我的工作牽扯上關係，就不至於遭遇危險，別墅的防衛體制也很周全。就算妳跟來，也不會有問題。」

「……這樣就好。」

於是，美世和清霞接受正清的邀請，決定在日後造訪久堂家的別墅。

◇◇◇

晚餐時間結束，在步出飯廳前，正清喚住清霞。

「清霞。」

「幹嘛？」

清霞下意識地以冷淡的語氣回應。

他對自己的父親懷抱著複雜的情感，而清霞本人對這一點也有所自覺。

父親並沒有直接對他做出什麼過分的事情。只是，當他們一家人還一起住在這間主宅邸裡時，放縱母親任性妄為的父親，讓清霞湧現了強烈的不信任感。就只是這樣罷了。

清霞遲遲沒找到結婚對象一事，似乎也讓正清憂心了很長一段時間。說起來，母親正是讓清霞不願結婚的契機之一，但父親過去卻沒能阻止這樣的母親。

因此，老實說，過去看到父親為自己的婚事焦急，清霞偶爾會覺得有些痛快。

（其實，我這次原本打算馬上把他趕回別墅啊。）

清霞朝站在自己身旁、不解地眨了眨眼的美世瞥了一眼。

「我剛才有件事情忘了說。」

清霞將視線拉回正清身上，以沉默催促他往下說。

「其實啊，別墅周遭最近出現了可疑分子呢。」

「可疑分子？別墅不是有設下結界嗎？」

「是有啦。所以，我覺得我們應該不會因此蒙受損害。不過，畢竟還是會在意嘛。我想說這或許和你的工作有關，就跟你說一聲。」

「的確有這樣的可能性。」

清霞回想這次由自己負責的對異特務小隊的任務。

任務內容，是關於在某個農村、及其周邊區域發生的怪異現象。怪異現象本身的規模並不算大，但下一任天皇堯人指名要清霞來負責處理這件事。

發生問題的農村，剛好距離正清夫妻所居住的別墅很近。

這恐怕不只是普通的巧合吧。刻意指名清霞的堯人，或許自有一番想法。

「說實話，我其實希望你可以想點辦法處理呢。」

「有時間的話，我會考慮。」

真是麻煩——清霞不禁嘆了口氣。

不過，要是過去的他，八成會以一句「你自己想辦法解決」打發掉正清吧。今天，清霞沒有這麼做，是因為他身旁這名未婚妻。

因為美世的雙眼透露出「跟父親好好相處吧」的訴求。

「回家了。」

「好的。」

對美世這麼說之後，清霞轉身踏出步伐。

即使彼此之間隔著一道牆，自己想說的話仍能確實傳達給父母，也有機會好好面對他們——和美世相識後，清霞深深感受到這其實是相當幸運的一件事。

因此，即使對象是讓自己嫌惡不已的母親，他也湧現了再和她見上一面、試著好好溝通的念頭。

第二章　搖晃的車廂與羞澀的心

搭乘火車從帝都前往內陸地區，約莫需要花上半天時間。

第一次搭乘鐵路火車的美世，坐在車內時一直相當緊張。

除了無法相信如此巨大的交通工具竟然會動以外，三人所搭乘的，還是內部裝潢美輪美奐的木造頭等車廂，因此更讓美世感到坐立不安。

在一大早坐上這輛首發列車之後，已經過了幾小時，但美世一動也不動地維持著打直背脊、將兩隻手乖巧地放在腿上的姿勢，臉上的表情也很僵硬。

「美世，妳可以放鬆一點無所謂。」

「就、就算您這麼說……」

以優雅不已的動作閱讀著報紙的清霞，今天沒有做軍裝打扮，而是一身白色襯衫加上黑色長褲的輕便服裝。

美世實在做不到他這般的從容。

「美世，要不要喝杯茶呢？這裡的茶水滋味很不錯喔。」

另一方面，正清則是捧著自備的日式茶杯悠哉地品茶。然而，因為列車不時會搖晃，美世總覺得自己會不慎把茶水潑濺出來，因此也不敢喝。

「不、不用了……」

「這樣啊？不過，這段路途實在是挺遙遠的，如果需要什麼就儘管開口，不用客氣喔。」

「謝、謝謝您。」

雖然很感激正清的貼心，但美世實在無法放鬆下來。

「話說回來……」

葉月沒能一起來，實在很可惜——聽到正清這麼低喃，美世也以「真的很可惜呢」附和。

協助美世收拾行李的葉月，沒能一同參加這次的旅行。她似乎得出席一場無論如何都推不掉的重要宴會。

『我也想去！我也好想一起去喔！要是我沒去，誰來保護美世妹妹不受媽媽欺負呢！』

儘管葉月這樣哇哇叫，但這實在也是沒辦法的事。

「她不在的話安靜多了，這不是很好嗎？」

「可是，老爺，姊姊很可憐呢。」

聽到美世不小心道出「她原本那麼想來……」的真心話，清霞不禁語塞，眉心也擠出皺紋。

「不然妳之後買土產回去給她吧。」

「好的！」

清霞果然很溫柔。美世臉上自然而然浮現笑意。

她坐在不停搖晃的列車裡，一邊像這樣和兩人聊天，一邊在緊張到幾乎昏厥的狀態下，吃了一些簡單的餐點，直到時間來到中午。

三人終於抵達的，是一處近年因為溫泉而開始繁榮起來的城鎮裡頭的車站。說是這麼說，但這裡基本上仍是個偏鄉小鎮，周圍座落著許許多多的農村或山村，發展程度跟帝都可說是有著天壤之別。

不過，除了隨時都能泡溫泉以外，因為被大自然環繞，所以到了夏天，這一帶會比帝都涼爽很多。基於這樣的原因，除了久堂家以外，這裡似乎也能看到不少有錢人家的別墅。

「好了，我們下車吧。」

正清拾起自己的手提行李箱起身。

正當美世要拿起自己的行李時，一隻白皙的手伸了過來，直接拎起她的行李箱。

「老、老爺……」

清霞沒有出聲回應她，只是兩隻手各提著自己和美世的行李箱，然後邁出步伐。

「老爺，我可以自己拿的！」

「無所謂。」

「不，可是……」

美世追著快步走遠的清霞，跟他一起走下火車。

來到月台上後，隨即有一名年長的男子前來迎接三人。這名男子身穿燕尾服，髮型也梳理得相當整齊，一眼便能看出他是效忠於某戶人家的侍從。

「歡迎您回來，老爺。」

男子先是向正清深深一鞠躬，接著又望向清霞和美世。

「少爺、少夫人，歡迎兩位大駕光臨。」

「好久不見了，笹木。」

「真的是許久不見，少爺。您愈來愈一表人才了。」

根據清霞的介紹，被喚作笹木的這名男子，似乎是久堂家的別墅管理人兼管家。

臉上掛著柔和笑容的他，雖然一身嚴謹莊重的打扮，但看上去就是個和藹可親的老爺子。

不對，比起這個……

「少……少……少夫人……」

美世感覺臉頰變得火熱。

她和清霞尚未成婚，這樣的稱呼會不會言之過早了呢？雖然不到極度難為情的程度，但美世還是覺得有些害羞。

「呵呵，小少——不，少爺，您的夫人真是相當可愛呢。」

「是啊。不過，你剛才是不是想叫我小少爺？」

「怎麼會呢。大概是您的錯覺吧。」

面對裝傻帶過的笹木，清霞無奈地聳聳肩。

待所有人坐上橫停在車站外頭的轎車後，便由笹木駕車前往別墅。

車站附近有不少住宿設施，以及為觀光客打造的土產禮品店，所以整體感覺還算熱鬧；但離開這一帶之後，映入眼簾的景色，就變得只剩下高山、森林和田野而已。

從車站出發約莫十分鐘後，轎車駛過某個四處可見田野的農村，抵達其外圍的一片小型森林。別墅便座落於這片森林區域中。

森林裡唯一一條人為鋪設的道路，路面十分平整。不過，因為一旁就是深山，這裡感覺比美世等人生活的那間小型房舍更加接近大自然。

說不定可以看到野生動物——美世暗自期待著，可惜這樣的期待最後還是落空了。

「呼～終於到了。」

「一路上長途跋涉，辛苦您們了。」

不時輕咳的正清，在步下轎車後伸了一個大懶腰。

外頭有些寒冷。帝都在秋冬交替時颳起的強風也很冷，但這裡因為鄰近深山、海拔又比帝都來得高，因此空氣感覺更冰冷一些。

圍繞在別墅周遭的林木，枝頭上的葉片也已經凋零了大半，感覺寒冬將至。

「這裡的空氣好清新呢。」

「畢竟是個徹底被大自然籠罩的地方啊。比起這個，美世，妳會不會冷？」

美世朝有些過度操心的未婚夫搖搖頭。

「有這件外套，所以不會冷。」

她相當喜愛這件由清霞替自己挑選布料的外套。

這天，美世穿著菊花圖樣的和服，外頭則是罩著最近才在「鈴島屋」訂製的藍色外套。

季節轉變之際，清霞總是會為她添購新的和服或飾品。這原本讓美世相當過意不去，但因為葉月等人總是說「沒關係的，就讓他多跟妳獻殷勤吧」，現在，她已經能坦率收下這些禮物了。

「是嗎？當初有去訂做這件外套，真是太好了。」

「是的，非常感謝您。」

在笹木領導下，一行人一邊聊天，一邊踏進別墅玄關。

這棟兩層樓高、走西式風格的木造住宅，跟位於帝都的主宅邸比起來，大概只有一半、甚至是三分之一的規模那麼大。不過，跟清霞那間只有一層樓、房間數量也不多的平房相較之下，就顯得相當寬敞。

米白色的外牆，搭配亮褐色的屋頂。比起「富麗堂皇」這種形容詞，這棟建築物更給人可愛俏皮的感覺。

待笹木拉開看起來相當厚重的木製大門後，美世、清霞和正清三人踏進別墅。

「歡迎各位回來。」

在玄關大廳一同鞠躬致意的，想必就是這個家的傭人吧。一名看起來歲數跟笹木差不多的年長女性、一名中年男性、兩名女性、一名二十來歲的年輕男性、再加上一名身穿純白廚師裝的三十多歲男性，一共六人。

同時，一名身穿高雅禮服、散發出非凡氣勢的女子，也站在大廳正中央。

「歡迎您回來，老爺。」

女子以優雅的動作打開手中的扇子，用它掩住嘴巴，然後皺著眉頭這麼開口。

站在清霞斜後方的美世，不禁稍稍繃緊身子。這名女子恐怕就是……

「咳咳……我回來了！有沒有發生什麼事啊，My Honey？」

不同於眼前這名不管怎麼看，臉色都相當不悅的女子——久堂芙由，正清露出相當開心的笑容，同時快步朝她走去。

「要說幾次您才能夠理解呢？我不會陪您玩這種讓人發冷的應酬。」

說著，芙由還不屑地補上一句「真是無聊」。

然而，面對這般冷淡的她，正清不但依舊滿面笑容，看起來甚至還有些喜孜孜的。

看在旁人眼裡，這兩人對待彼此的態度實在是天差地遠。

「別這麼說嘛。我只是想對自己心愛的 Honey……」

「我們之間可不存在愛情喲。」

啪。

簡短有力的這句話，俐落到幾乎可以聽到正清的發言被打回去的清脆聲響。

冷冷地回絕丈夫的熱情表現後，芙由一雙細長的眼睛轉而望向正清身後的清霞和美世。

清霞以極其自然的動作，將美世擋在自己身後。

「清霞。」

芙由呼喚清霞的嗓音，聽起來依舊相當冰冷。

她是個美得犀利的女子。再加上臉上不帶半點笑意，因此顯得格外有魄力。

「這還真是好久不見了呀，我無情的兒子。」

「無情？應該不至於吧。」

「過年和盂蘭盆節時都不曾返家露個臉，你不覺得自己很不孝嗎？」

「完全不覺得呢。」

兩人之間的氣氛相當緊繃。他們聽起來完全不像母子、反而像是陌生人的這段對話，似乎讓現場的氛圍變得更加緊張。

不過，美世也不能一直躲在清霞身後，默默眺望在眼前發生的一切。

她對自己的身子使力，然後踏出腳步，來到清霞身旁和他並肩而立。

「那個……」

「喂。」

儘管清霞簡短地出聲制止，但美世只是朝他點點頭。看到她這樣的態度，清霞有些吃驚地屏息。

美世緊握自己不斷滲出汗水的掌心，然後筆直望向芙由。

「那個……初次見面，我叫做齋森美世。」

「……」

不知一雙眼睛究竟有沒有看到美世的芙由，沒有表現出任何反應。

「那個……」

「清霞。」

芙由像是沒聽到美世的發言似地那樣出聲打斷她。

美世聽到身旁傳來輕微的咂嘴聲。她抬頭一看，發現清霞秀麗的側臉上浮現了不快的神情。

「清霞，你身邊那個一副窮酸樣的侍女是怎麼回事？」

侍女——美世隨即明白芙由指的人正是自己。

有將近十年的時光，她一直被當成下人對待。事到如今，就算聽到別人這麼說，她也不會特別感到沮喪。但在此刻，美世還是久違地有種心如刀割的感覺。

而這樣的發展，對清霞來說，似乎是無法忽略的事情。

「……侍女？」

「是呀，侍女。恬不知恥地站在身為久堂家當家的你身旁的那個醜女。」

「……」

「她是打哪兒來的村姑呢？外表看起來真的很鄙俗呢。貴為久堂家當家的人物，竟然讓水準如此低劣的女子隨侍在旁，這可會讓人質疑你的品味喲。」

芙由以扇子掩嘴，以宛如看到穢物那樣不屑的眼神朝美世一瞥。

她這樣的舉動，或許讓清霞再也忍不下去了吧——宅邸外頭傳來一陣轟隆雷聲。

「！」

在眾人因為這震耳欲聾的巨響大吃一驚的同時，清霞低沉不已的嗓音清晰地傳來。

「妳再說一次試試看。」

「清霞，你做得有點過火了。」

正清以冷靜的語氣出言勸阻，但清霞徹底充耳不聞。

「我叫妳再說一次試試看，久堂芙由。」

「什……你竟然對著自己的母親……」

「母親？別笑死人了，我從不曾承認妳是我的母親。」

芙由的雙頰一瞬間變得火紅。

清霞以絕對零度的視線望著這樣的她。他現在的眼神，是望向正清時的眼神所完全無法比擬的冷冽。

「你說什麼？」

「事到如今還說這種話？水準低劣的究竟是誰呢？」

清霞的臉上浮現嘲笑的神情，那很明顯是個瞧不起自己母親的笑容。

「我事前就已經告知，我今天會和未婚妻一同前來，妳應當也已經知道美世的名字才對。」

芙由收起扇子，以幾乎足以將它折斷的力道緊握在手中。她滿臉通紅地咬住下唇，感覺滿腔怒氣隨時都會失控。

周遭沒有半個人敢開口插嘴。大家都只是默默看著事態發展，然後緊張地猛吞口水。

「老爺……」

我不要緊的——想透露這一點給清霞的美世，忍不住伸出手輕扯他的衣袖。

然而，為她的行動有所反應的人卻是芙由。

「妳這個被拋棄的卑賤孩子！別隨意碰觸我的兒子！」

被芙由這樣一吼，美世的雙肩不禁猛地抽動了一下。

被拋棄的孩子——或許真是如此吧。美世異常冷靜的腦袋這麼想著。

在親生母親死去後，親生父親變得連看都不看自己一眼。想當然耳，繼母也沒把美世當成女兒看待。就算被人說她跟孤兒沒兩樣，也是無可奈何的事情。所以，美世並沒有特別感到憤慨。

不過，或許是擔憂芙由這番惡言，恐怕真的會引爆清霞的怒氣，傭人們看起來全都一副心驚膽跳的樣子。

「我們久堂家，怎麼可能接受妳這種不曾被好好養育長大的小丫頭呢。」

「……」

「看吧。只是沉默不語，一句回應的話都說不出來，正是妳缺乏學識教養的證據。清霞，這點你應該也很清楚吧？」

「妳閉嘴。」

清霞這麼放話的同時，正清出面介入他跟芙由兩人之間。

「你們兩人都別說了。」

芙由不滿地皺著眉頭別過臉去。

清霞則是說了一句「走了」，然後拉著美世的手大步離開。在走上通往二樓的階梯前，他停下腳步望向自己的母親，眼裡充滿連憤怒或憎恨之情都不屑湧現的鄙夷。

「要是再聽到妳對美世說什麼，我會殺了妳。」

「殺……？」

除了清霞以外，在場所有人都為他這句發言目瞪口呆。

沒有人能用「這只是玩笑話」來一笑置之，因為清霞的態度說明了一切，說明他是真的會痛下殺手。

「清霞……」

正清以苦澀的語氣這麼輕喚，其他人則是一聲都不敢吭。就這樣，美世被壓抑著強烈怒氣的清霞帶離了現場。

片刻後，慌慌張張從後方趕上來的笹木，帶領兩人進入位於二樓邊間的房間。

這個房間的日照比其他房間都要來得充足，內部空間也十分寬敞。房裡擺放著附床頂篷、同時寬敞到足以躺上三個人的大床，以及看起來相當舒適又豪華的椅子和桌子。乍看之下是素面設計的壁紙，在靠近觀察之後，可以發現上頭滿布細緻的圖樣。

在房間深處，還有個磁磚地板的陽台。

（這裡好寬敞呀……）

美世悄悄觀望身旁的未婚夫臉上的表情。

雖然很想開口攀談，但他現在面無表情的模樣，讓美世有些膽怯。

「那麼，就請兩位使用這個房間。如果有任何需求，請隨時跟我說一聲。」

「辛苦了。」

將行李全數搬進房內後，笹木向兩人一鞠躬，便退出房間。大門關上的瞬間，清霞吐出一口氣。

「抱歉，美世。」

美世明白他是為了什麼而謝罪。不過，這不是清霞需要道歉的事。

「老爺，這……」

這不是您的錯——美世正想這麼說的時候。

清霞伸出手，以彷彿在碰觸易碎物的輕柔動作將她攬入懷中。因為過於突然，美世原本想說出口的話，一下子全被拋諸腦後。

「抱歉，讓妳有了不愉快的回憶。」

清霞以手再三輕撫美世的頭。

在他身上的香氣和體溫包圍下……每當被清霞溫柔地摸頭，美世便覺得自己緊繃的情緒慢慢得到舒緩。

好溫暖、好安心的感覺。

因為早已習慣這種事，對於芙由方才的辱罵，美世原本以為自己不會有太深刻的感受。但現在，她才發現或許並非這麼一回事。

「我明明很清楚母親就是那種人……」

清霞苦澀的輕喃中，透露出強烈的悔意。

「老爺……」

「抱歉，都是我的錯。」

比起美世，感覺反而是清霞更痛苦難受。他的眉心擠出深深的皺紋，兩道眉毛也往下垂。

「沒事的。我沒事，老爺。」

「可是……」

美世覺得芙由方才的發言其實再中肯不過，然而，要是現在對清霞說「那些話說的都是事實，所以也沒辦法」，只會讓他更難過而已。

所以，她盡可能表現出積極正面的態度。

「我……那個……我會盡我所能努力。」

「美世……」

「雖然無法改變自己的過去，但我……還是很想跟婆婆好好相處。」

即使有血緣關係、即使是一家人，也不見得就能夠無條件地理解彼此——美世很清楚這一點。

但現在的她明白，要是馬上放棄，絕對無法跟對方建立起互相信賴的關係。

（我不會逃避。）

雖然，關於要怎麼做才能讓芙由理解自己，她其實沒有半點頭緒。

儘管如此，跟過去不同的是，美世現在已經不再是孤伶伶的了。就算她的做法行不通……清霞也會站在她這邊，而葉月也是。因為自己絕對不會再變成孤單一人，她才能繼續努力下去。

「所以，老爺……能請您暫時從旁默默看我的表現嗎？」

將美世整個人攬入懷中的清霞，此時露出有些不悅的表情。

比起以往那種板起面孔的模樣，現在的他，看起來似乎多了幾分在鬧彆扭的感覺。看到清霞這種像個孩子般的可愛反應，美世不禁笑了出來。

「真拿妳沒辦法。」

「非常謝謝您。」

「不過，我剛才說會殺了她的發言，可是認真的。要是她又說了妳什麼，馬上來向我報告。我會立刻讓她化為灰燼。」

「不、不可以殺人啦……」

美世還是忍不住這麼出聲叮嚀。

她不顧認為清霞想殺死自己母親的發言是來自真心，然而，他剛才散發出來的殺氣，似乎是真的動怒了，這讓美世有點害怕。

「別阻止我。」

「咦？那、那個……請您別這樣。」

接著，清霞嘆了一口氣，然後鬆開環抱美世的手。

原本籠罩著自己的那股體溫跟著消散，讓美世感到有幾分寂寞——

（寂、寂寞……？）

因為被擁入懷裡而感到平靜、又因為對方鬆手而感到寂寞。難道，自己是想依偎在清霞懷裡更久一點嗎？

但這樣實在太不像話了，有損淑女的品格。

為了掩藏臉頰發燙的反應，美世反射性地以雙手覆上自己的臉。腦袋彷彿咕嘟咕嘟地沸騰起來，眼前也跟著一片天旋地轉。

「算了，也罷。距離晚餐還有一段時間吧，在那之前，我要去附近的農村一趟。」

「您不稍做歇息嗎？」

現在是剛過正午的時間。雖說山區地帶的日落比較早，但目前距離天黑還有好一陣子。

「嗯。畢竟搭車過來的路上，我一直都坐著不動。而且，我也不打算在這個地方待太久，所以想現在先去視察一下情況。」

清霞披上外套，只把皮夾塞進口袋裡。

看起來，他是真的只打算去看看情況。

「那個，我……」

雖然剛才逞強說出那種話，但突然要一個人被留在這間別墅裡，還是讓美世相當不安。事到如今，葉月無法陪同前來一事，更讓她感到惋惜。

「妳可以留在這裡休息……」

說到這裡，清霞頓了頓，思考半晌後再次開口。

「不過，如果妳不累的話，要跟我一起來嗎？」

這是他第一次邀請美世和自己一同外出執行公務。

附近的農村，位於從別墅步行十五分鐘左右可以抵達的地方，總人口大約在一百人上下。

據說，這個農村裡也有溫泉，還有一間為觀光客打造的小型民宿、以及販賣土產的商店。就偏鄉農村而言，算是滿繁榮的地方。

儘管不如帝都裡鋪設的道路那般工整美觀，但這裡的路面都整理得很平坦，走起來不會太吃力。

只是，偶爾吹來的風仍有些刺骨。美世不禁一瞬間縮起脖子。

「我這次的任務，主要是進行調查。」

「調查……是嗎？」

既然會派遣實力高強的清霞過來，美世還以為要對付什麼強大的異形，但看來似乎並非如此。

聽到美世的反問，清霞輕輕點頭。

「嗯……根據報告指出，這一帶發生了奇特的怪異現象。」

奇特的怪異現象——總覺得這樣的說法本身就很奇特。

發生在一般情況下難以想像的怪事時，人們會稱之為怪異現象；那麼，為這樣的怪異現象再加上「奇特」兩個字，又代表什麼樣的意思？

或許是察覺到美世不解的反應了吧，清霞以「之所以會說是奇特……」接著說明。

「是因為這些現象出人意表。」

「出人意表？」

「沒錯。舉例來說，這個國家各地都有原住民的傳說對吧？」

在不同土地上代代口耳相傳的傳說或民間故事。

美世讀過的書並不多，所以知道的傳說也很少，但倒還能聯想到幾個特別著名的古老故事。而這些故事都各自擁有做為舞台背景的土地。

「這塊土地上也有類似的傳說。雖然是很常聽到的內容……諸如修練成精的狐或狸捉弄人類的故事、或是跟這塊土地有關的人化為幽靈出沒的傳聞等等。」

也就是說，這一帶的土地，隨時都有可能發生和這些傳說相關的怪異現象。在這種情況下，當地居民通常都知道該如何因應處理。

因此，發生這類問題時，基本上輪不到清霞等人出面解決。

不過，他這次奉命調查的現象，則找不到吻合的傳說。

「報告內容指出，有村民目擊到頭上生著尖角的高壯惡鬼的身影……而且這類證詞似乎接二連三地出現。然而，這塊土地上並不存在和報告內容吻合的古早傳說。此外，根據相關紀錄，過去也不曾發生過這類狀況。」

「意思是，現在發生了原本不可能發生的現象，是嗎？」

「嚴格來說，其實不太一樣。無論是哪個地區流傳的怪談，內容都會隨著時間不斷改變。有時候，也會有嶄新的異形從嶄新的傳聞之中誕生。」

由對異特務小隊負責的任務當中，也包括調查這類原因不明的「奇特」怪異現象的成因。

對於真實樣貌成謎、或是自己所無法理解的存在，人們總會心生畏懼。倘若這一帶出現了陌生的怪異現象，人們便會恐懼。而他們在這方面的想像力，也會讓異形的力量進一步成長。

「若是一切的導因來自異形，為了避免後患無窮，必須趁早加以剷除。就算原因跟異形無關，也必須在這樣的傳聞真的化為擁有力量的異形以前確實將其釐清。這就是我們的工作。」

「原、原來是這樣呀。」

美世覺得好像聽懂了、又好像沒聽懂。

對於基本上對世事一無所知、知識量也不足的美世來說，這番說明其實有些難懂。

「總之……」

清霞將一隻手輕輕擱在美世的腦袋上。

「我必須先把握現況、同時四處打聽情報。陪我一下吧。」

「好的。」

美世的臉上不自覺浮現笑意。

能跟清霞一起出門，讓她很開心。而且，清霞願意像這樣跟美世大致說明自己的工作內容，感覺就像是他相信、認同她的證據，這也讓美世感到更開心。

不過，自己各方面的能力都不夠充足，所以無法確實幫上清霞的忙，還是讓美世有點焦急又不甘心。

穿越環繞別墅的森林後，在平緩的下坡前進片刻，便能抵達清霞所說的村落。

在看似村落入口的地方，有一尊小小的地藏菩薩像被埋沒在雜草當中。

「是地藏菩薩呢。」

「嗯。」

清霞以極為自然的動作單膝跪地，雙手合十膜拜地藏菩薩。美世也跟著有樣學樣。

「那尊地藏菩薩也有什麼相關的傳說嗎？」

從地藏菩薩像前方離開後，美世這麼問，結果清霞搖了搖頭。

「或許有吧，不過，應該跟這次的事件無關。」

「這樣呀。」

清霞以「嗯」簡短回應，美世從後方跟上他的腳步。

「剛才那麼做，算是打聲招呼。畢竟我們不是這塊土地的人。」

稻米收成期早已結束的現在，開始邁入農閒期的村落，看起來有幾分寂寥。雖然可以看到三三兩兩的村民，但不見像美世等人這樣的外來訪客。

會感受到來自其他人的視線，或許是因為美世等人看起來和這個村子格格不入吧。

「去那裡打聽一下情報好了。」

清霞指著一間販賣生活雜貨和土產的店鋪這麼說。

「妳也可以順便去逛逛土產。」

「好的！」

這是美世第一次出遠門，也是她第一次為別人選購土產。

她無法按捺自己變得雀躍不已的心情。

「妳看起來很開心啊。」

「是的，非常開心、也很快樂。」

「應該帶妳去更熱鬧的地方才對。」

如果能見識到更多珍奇罕見的東西，妳應該也會更開心吧。

看到清霞以沮喪的表情這麼說，美世連忙開口否定。

「沒有這回事！這個地方就很好了。」

「抱歉，我實在很不中用。」

看來，清霞果然還是很在意方才讓美世留下不愉快的回憶一事。

會帶著美世來到此地，或許也是為了讓她轉換心情的體貼舉動。

「老爺，您一點都不會不中用喲。我、我們趕快出發吧？」

將自己的想法說出口之後，美世一下子覺得難為情起來。她將發燙的臉轉向另一邊，輕扯清霞的衣袖催促。

「啊……嗯。」

兩人此刻似乎都變得有些害臊，無法望向彼此的臉。

他們就這樣不太自然地踏進商店裡頭。

「歡迎光臨。」

負責顧店的，是一名看起來剛邁入老年的女性。她朝走進店裡的兩人一瞥後，隨即又將視線移回手邊的算盤上。

店裡的商品看起來五花八門、什麼都有。

除了食品、日用品以外，還有小飾品和二手衣物，以及雖然數量不多，但很適合觀光客購買的土產。

雖然裡頭的空氣聞起來帶點灰塵味，但這間略為老舊的小型木造商店，散發出讓人莫名懷念的氣息。

「唔，商品數量果然不太多啊。」

清霞以不會被女性店員聽到的音量輕喃。

不同於帝都裡的商店，這間店確實算不上時髦。不僅店內空間不夠大，商品也跟不上流行。

儘管沒見過什麼世面，但美世好歹是帝都土生土長的人，所以也是第一次逛這樣的小店。

（可是，我喜歡這樣的店呢。）

比起美觀時髦的店鋪，這樣的店更讓她感到心情平靜。

「這間店逛起來很讓人開心呢，老爺。」

「這樣啊？」

「老爺，您之前也逛過這樣的小店嗎？」

「嗯，畢竟我們小隊時常會像今天這樣四處出差。」

對異特務小隊負責調查的對象，似乎清一色是擁有許多古老傳承的偏僻農村、或是深山裡頭。

在店裡到處逛時，美世發現了讓她有些在意的商品。

（好可愛呀。）

方才那名顧店的年長女性，坐在位於店內深處的結帳桌後方。而結帳台附近的某個櫃子上，陳列著許多小巧的動物木雕擺飾。

乖巧坐下的狗、蜷縮成一團熟睡的貓、靜靜趴著的兔子、以及振翅的鳥兒等等。這些造型相當可愛的動物，尺寸全都只有巴掌那麼大。

「妳喜歡這個嗎？」

聽到向自己搭話的聲音，美世抬起頭來，發現顧店的女性不知何時已經將視線轉向自己身上。

「是的，那個……這些擺飾真的很可愛呢。」

「這樣啊。那些東西是這一帶很常見的土產，可以算是村裡的招牌了。」

「是手工雕刻而成的嗎？」

「是啊，用的是從山裡砍回來的木頭。冬天不用下田幹活的閒暇時光，就拿來雕這些玩意兒。」

這些做工精緻的木雕，竟然全都是手工一個個完成的，實在令人難以置信。

美世情不自禁地發出「好厲害……」的讚嘆聲。

「妳想買嗎？」

「可以嗎？」

這麼詢問從後方探過頭來的清霞後，他以「當然」回應。

「妳想買幾個都可以。」

「我……我我我沒有要買那麼多……」

「哎呀，妳不願意買嗎？」

不知道是不是錯覺，清霞的臉上彷彿透露出「還有沒有其他要買的東西？」這樣的期待。再加上來自女性店員失落表情的壓力，美世以有些猶豫的動作，將擺放在櫃子裡的每種木雕動物都各拿了一個。

付了錢之後，美世將這些木雕收進自己的外出用束口袋裡。

「謝謝惠顧。」

「另外，我還想買那個東西，麻煩妳算一下錢。」

清霞指著在店內一角的某個巨大酒桶這麼說。

正當美世好奇要怎麼把酒桶扛回去時，她聽到女性店員說村裡的年輕人等等會負責把酒桶搬往別墅。

「兩位是從帝都來的嗎？」

計算酒錢時，女性店員這麼問道。

「嗯。」

「坐擁那麼大一間宅邸，有錢的人果然都很有錢呢。不過，最近這裡有些不太平靜的傳聞，你們也多注意點吧。」

不太平靜的傳聞——美世和清霞不禁面面相覷。

「是什麼樣的傳聞？」

聽到清霞這麼問，女性店員露出一臉「你在意的地方還真奇特」的表情。

畢竟，這很有可能是和清霞的工作內容相關的重要情報。

「我也不知道詳細狀況。總之，大概就是去砍柴的人看到了怪物、或是有可疑的外地人進出位於農村邊境的某個破舊小屋之類的。各式各樣的傳聞都有。」

女性店員聳聳肩這麼回答。

「……破舊小屋。」

清霞抵著下顎「唔……」地沉吟一聲。

那些怪物生著什麼樣的外型？相關目擊情報發生的時間和詳細狀況？可疑的外地人又是？雖然清霞想更進一步向這名店員打聽，但從對方的態度看來，她知道的恐怕也不多吧。

要是在這裡執拗地追問，而讓對方留下不好的印象，感覺也非上策。

「謝謝妳，我們會多加小心。」

語畢，清霞轉身朝店鋪入口走去。

在美世也打算跟上他的腳步時，女性店員以一句「妳等等」喚住她。

「把手伸出來。」

「？」

美世老實伸出自己的雙手後，店員將一個小巧的東西放進她的掌心。

「啊，好可愛。」

那是個烏龜造型的擺飾，跟美世方才選購的動物擺飾同樣以木頭雕刻而成。

「因為你們買了很多，這個是多送給妳的。」

「可是……」

免費收下這個，太不好意思了——美世原本想這麼說，但女性店員笑著制止她。

「你們倆應該是新婚夫妻之類的吧？就當成是我小小的祝福吧。烏龜造型的東西很吉利喔。」

——新婚夫妻。

想到在一無所知的外人眼中，自己和清霞看起來竟是這樣的關係，美世不禁感到害羞又手足無措，甚至連頭都不好意思抬起來。

「請、請問，妳怎麼會知道……」

「你們的互動，生澀到連旁人看了都覺得難為情啊。妳的丈夫感覺是個不錯的男人嘛，相貌又那麼出眾。你們可要好好相處喔。」

美世實在無法道出「我們其實還沒結婚」的事實，只能以細微到像是蚊子叫的嗓音勉強向店員道謝，然後匆匆追上那個長髮搖曳、有著寬厚肩膀的背影。

夫妻，結婚，這些字眼不停在美世腦中打轉。

就算她和清霞結婚，兩人的日常生活或許也不會出現太大的變化吧。然而，未婚夫妻跟正式成婚的夫妻之間，仍存在著關鍵性的不同。這點美世也能明白。

（我的心臟會不會爆炸開來呀……）

這個當下，美世心跳加速到忍不住湧現這樣的想法。

「美世，跟店員說完話了嗎？」

「是的。」

好幸福——光是待在清霞身旁，美世就覺得一顆心暖洋洋的、又很平靜。覺得自己原來可以待在他的身邊。

但另一方面，她的心跳卻總會劇烈到足以讓胸口發疼的程度。這又是為什麼呢？

（我對老爺……）

美世打從內心仰慕著清霞，儘管她還不知道該如何歸類這樣的情感。

在農村裡大概巡視過一圈後，美世和清霞便返回別墅。

關於土產店的女性所說的破舊小屋——位於農村邊境的廢棄屋舍，清霞已經確認過詳細的地理位置。他似乎打算明天獨自前往進行深入調查。

因為這個調查行動伴隨著危險，美世恐怕無法跟他同行。

「歡迎兩位回來。」

出來迎接兩人的，是擔任幫傭的苗。

身為笹木之妻的苗，是一名以細長的雙眼和身型為特徵的年長女性。看起來似乎個性有些怯懦。

看來，在這個家中服務的傭人，似乎大部分都是笹木家的成員。

笹木夫妻、以及他們的兒子和媳婦都是這裡的傭人。那名年輕男性，據說是笹木的孫子，再加上一名廚師、還有一名守寡的幫傭太太。

平常只有正清和芙由兩人住在這間別墅裡，所以或許也不需要太多傭人吧。

「嗯。」

「我們回來了。」

聽到兩人的回應，苗瞇起細長的雙眼朝他們微笑。

「辛苦兩位了。」

「苗，吃晚餐的時候，那個人會出現嗎？」

清霞口中的「那個人」，指的想必就是芙由了。

看到清霞臉上極為厭惡的表情，苗似乎也馬上理解他的問題，於是立刻收起笑容，輕輕搖頭這麼回答：

「不，夫人表示她今晚不打算離開房間。那個，雖然有些難以啟齒……」

「不說也沒關係。反正，她一定是用一些不堪的字眼，歇斯底里地表示自己不想跟美世同桌用餐吧。真的還是像過去那樣令人作嘔。」

「失禮了。等到晚餐準備完畢，我再請兩位前來用餐。」

「拜託妳了。」

之後，清霞和美世返回房間整理行李，直到晚餐時間。

一如苗所言，芙由並沒有現身，眾人度過了一段和平的晚餐時光。

不過，即使被正清搭話，清霞也只是隨便說幾句應付；美世則是被問到什麼的時候，才會開口回答問題，感覺比較像是靠正清開朗的個性在撐場面。

——待用餐完畢、也洗過澡之後，美世不得不面對眼前這個重大的問題。

（房裡只有一張床呢……）

被笹木領著來到這個房間時，關於自己和清霞共用一個房間的安排，美世沒能及時做出反應。而且，房間裡頭還只有一張床。抵達別墅後，一下子發生了太多事，導致美世無暇顧慮到這些。

美世判斷，應該不至於是別墅的客房不足，才會讓他們倆同房。一樓還有閒置的客房，二樓也有其他空房間。

而且，寬廣的雙人床上，還貼心地放著兩個枕頭。

（這、這是，要我跟老爺睡同一張床的意思嗎？）

因為緊張過頭，美世的指尖變得冰冷不已。甚至連臉色都開始發白。

她不停反覆詢問自己「怎麼辦……怎麼辦……」這種不會有結論的問題，想當然耳，最後還是得不到答案。這個房間裡沒有沙發或長椅，所以，只能睡在床鋪或地板上而已。

（只、只能請他們讓我到別的房間睡了。）

沒錯。因為兩人尚未正式結為夫妻，所以希望能分房睡，只要這麼說就好了。這樣便能解決問題。

現在想想，剛見面的時候，笹木也是以「少夫人」稱呼自己。實際上，美世和清霞預定明年春天就會舉行婚禮，所以，或許大家都已經把他們倆當成夫妻看待了。

(可是……可是……我還只是老爺的未婚妻而已呢。)

兩人應該沒有非得睡在同一張床上的道理才對。

沒什麼好緊張的。只是走到房間外頭,請傭人替自己另外準備一間房間而已。在這個時間,還另外增加他們的工作量,雖然讓美世有些過意不去,但再這樣下去,她會很困擾的。

這時,美世的思緒突然往另一個方向暴衝起來。

(不、不對,我不是排斥和老爺睡同一張床。我只是、只是、只是還沒做好心理準備——真是的,我在想什麼呀!太丟人了。)

在美世的腦袋陷入一團混亂時,房間大門喀鏘一聲打開。

「妳在幹嘛?為什麼一張臉一下脹紅、一下又發白?」

「噫!老……老老老老爺!」

仔細想想,會不敲門就踏進這個房間裡的人,也只有清霞而已。但美世卻嚇到忍不住整個人往後退。

因為方才腦中那令人心虛,或說是極度羞恥的想像,美世現在坐也不是、站也不是,難為情到幾乎要昏死過去的程度。

「我讓妳嚇到會發出『噫』的尖叫聲?」

聽到清霞無奈的嗓音，美世感覺更羞恥了。

此外，從他身上散發出來的、不同於平常慣用的肥皂的淡淡香氣，更讓美世感到暈眩。

說得正確點，這種暈眩感或許跟清霞的香味無關，只是美世強烈的羞恥感和混亂所導致。但現在不是釐清原因的時候。

「對、對不起！」

「不，我不是在責備妳。話說回來，妳為什麼呆站在那種地方？」

「呃，那個，因為……」

察覺到房間裡只有一張床，正為此傷透腦筋的時候，腦中的思緒突然往奇怪的方向發展，最後變成令人害臊的妄想——美世不可能將這些說出口。

「那個……因為……床……」

看到美世說話支支吾吾、視線也不停在半空中游移的模樣，清霞朝關鍵所在的床鋪瞥了一眼後，隨即理解了一切。

「噢，八成是父親的指示，讓笹木有了無謂的顧慮，才會這麼安排吧。反正床很寬，就這樣睡下應該沒問題。」

「？」

（就這樣？就這樣是指……）

兩人躺在同一張床上入睡。光是這件事本身，就已經是相當不尋常的狀況了。

對美世來說，一開始，清霞只是個同居人；但現在，他已經成為宛如自己的家人一般的存在。話雖如此，就算是家人，八成也不會「就這樣」睡在同一張床上才對。畢竟也不是年幼的孩子了。

既然如此，兩人應該會是以一般夫妻的關係，睡在同一張床上。但美世完全沒做好這方面的覺悟。

（要跟老爺一起睡？真的嗎？）

沒辦法，她絕對沒辦法。光是和清霞並肩躺在床上，鐵定就足以讓她緊張到整晚無法成眠。

更何況，白天又發生了那種事——在無法獲得芙由認同，也還沒為此做任何努力的狀態下，就直接跟清霞同床共枕。她總覺得這麼做不太對。

「美世？」

「我、我還是去請傭人幫我準備另一張床好了！」

美世放棄在腦中不斷打轉的混亂思緒，從房間裡逃了出去。

第三章　和婆婆面對面

隔天早上。

待美世吃完早餐後，苗前來告知芙由在找她一事。

「婆婆找我？」

「是的，夫人請您馬上到她的房間一趟。」

臉上帶著微笑的苗，以平淡的語氣這麼表示。

怎麼辦呢——最先浮現在美世腦中的感想是困惑。

吃完早餐後，清霞隨即動身去調查昨天聽聞的那間廢棄屋舍。他說過會在村裡多打聽一些情報，所以應該會比較晚才回來。

（雖然我有說想跟婆婆好好相處……）

這麼說或許很失禮，不過，發生昨天那種事之後，要是美世獨自去和芙由見面，實在不知道她會說些什麼、又或是對自己做些什麼。

清霞不在家的現在，隨便和芙由見面恐怕很危險。然而，找正清當靠山，感覺也不是妥當的做法。

可是……

（如果因為害怕，而一直和婆婆保持距離，一切都不會改變呢。）

她得先採取行動才行，畢竟，這是美世和芙由兩個人之間的問題。她不能老是仰賴清霞，她必須去做自己做得到的事情。

（我得鼓起勇氣才可以。）

美世將雙手握拳。

一定會順利的。她這樣說服自己，然後以「我馬上過去」回應苗。

在苗的帶領下，美世快步趕往芙由位於二樓的房間。苗伸手輕敲門之後，要兩人入內的回應聲隨即傳來。

芙由的房間，高調奢華到令人幾乎睜不開眼睛的程度。

大概全都是舶來品吧，裡頭的家具以鑲金外緣、細緻雕花和華麗造型為特徵，看起來極度華美。長毛地毯踩起來軟綿綿的，經過縝密設計而成的照明設備，不但造型優雅，透出來的光線也很明亮。

天花板和牆壁採用能讓人感受到女性柔和氣質的淡粉色，在光線照耀下，這個房間的牆上同樣可以窺見別出心裁的藤蔓圖樣。簡直像是會出現在西式宮殿裡的某個房間。

對美世而言，這個房間炫目到無法放鬆；然而，優雅地坐在造型華麗的椅子上的芙由，看起來卻泰然自若得宛如某個國家的王族。

「苗，去把那東西拿過來。」

「我明白了。」

不悅地朝美世瞥了一眼之後，芙由這麼吩咐苗。待後者離開房間，她格外用力地闔起手上的扇子。

「真是的，清霞實在是個令人傷腦筋的孩子。竟然把妳這種人老珠黃、又一副窮酸樣的姑娘帶回來，還說這就是自己的未婚妻。」

美世無言以對。

到了明年，美世即將滿二十歲。說是人老珠黃或許誇張了點，不過，到了這樣的年齡才結婚，的確是太晚了。

無論是自己的出身或年齡，美世都找不到能用來反駁芙由的要素。

「而且，妳還是齋森家的女兒。跟那種家系締結關係，對久堂家一點好處都沒有呀。」

更何況——芙由瞅著美世繼續往下說。

「聽說妳沒有異能？」

美世不禁雙肩一震。

（其實，我好像是有異能的……）

關於這點，她不確定自己是否應該對芙由據實以告。

看著美世不知該如何回答的困惑反應，判斷她是被自己戳中痛處的芙由，心情似乎也跟著變好。

她美麗的臉蛋上浮現扭曲的笑容。

「來自不怎麼樣的家系、又沒有異能。長得不漂亮，也沒有能夠反駁我的聰明才智，妳以為自己配得上這個久堂家嗎？」

「這個……我……沒有這麼想。」

被芙由這麼問，美世也只能這麼回答。

「哎呀，明知自己配不上，卻還是恬不知恥地想跟清霞結婚？我不知道那孩子有沒有自覺，但清霞對妳所懷抱的情感，就只是同情而已。他不過是覺得跟被父親賣掉沒兩樣的妳很可憐，所以才會這樣照顧妳。」

聽到這裡，美世甚至覺得芙由這番話或許也不是沒有道理。

現在，清霞的心境雖然應該不一樣了，但美世剛見到他的時候——剛開始在那個家裡生活的時候，他內心的想法，想必就是芙由所說的那樣吧。

在芙由繼續挖苦美世時，苗回到房裡來。

「夫人，我把東西拿過來了。」

「交給這個姑娘。」

「是。」

苗遞給美世的，是一件深藍色的素面和服。樸素中不失高雅的這襲和服，看起來跟包括苗在內的女性幫傭們所穿的制服相同。

「這是……」

「妳馬上換穿這件衣服。」

美世還來不及問「為什麼」，芙由便笑著表示：

「妳這樣的姑娘，穿這種幫傭的工作服就夠了吧？」

「可是……」

美世現在穿在身上的，是清霞在「鈴島屋」買給她的和服，也就是一流的高級品。但對美世來說，最重要的是，這是清霞買給她的衣服。

這跟高級與否無關。

（可是，畢竟婆婆對我仍一無所知。所以，不管現在的我說什麼，她大概都無法接受吧。）

得先讓她了解自己才行。為此，比起口頭上說些什麼，用態度來表示自身的意志會更快、也更確實。

「我明白了，我現在就去換衣服。」

美世試著暫時照著芙由說的話去做。她希望能透過這樣的方式，讓芙由理解自己是多麼真心想成為清霞的妻子。一切都得從這裡開始。

（我希望婆婆能夠認同我。）

一起相處的話，說不定就能發現讓彼此關係變好的契機。

向芙由表示要去換衣服之後，美世便返回自己的房間速速更衣。在換穿的同時，她不禁感到訝異。

這雖然是久堂家提供女性幫傭穿著的制服，但摸起來的觸感既平滑又舒適。這襲和服所使用的深藍色布料，本身的價格想必並不便宜。

穿在身上的舒適感，實在讓人很難想像這是提供給幫傭使用的物品。

齋森家的傭人也有專用的制服，但並不是如此高級的東西，更不用說美世過去持有的幾件和服了。跟這件深藍色和服相比之下，那簡直是連衣物都稱不上的破布。

（不愧是久堂家，他們也願意花錢在傭人身上呢……）

一流的名門世家，果然從小地方就跟別人不一樣。美世不禁由衷感到敬佩。

看到兒子的未婚妻換上傭人制服返回房裡，芙由看上去相當滿足。

「哎呀，這件衣服還真是適合妳呢。」

「不敢當。」

美世謙卑地垂下頭。

這樣的光景，讓她回想起自己還待在娘家的時候。那時，美世每天都像這樣被人挖苦數落。

這樣的回憶，原本應該是苦澀又讓人想要掉眼淚才對。

（我並不會太難過呢，這是為什麼呀？）

美世覺得有幾分懷念。然而，除此之外，她沒有湧現其他情緒。跟清霞相遇之後，她原本冰封的心逐漸被他溫暖。現在，即使像這樣被芙由訕笑，美世的內心依舊是溫熱的。

「不過，妳還真有個幫傭的樣子呢。那麼，妳就這樣去打掃好了。」

「是。」

「苗，讓這個姑娘跟妳們一起幹活。」

聽到芙由的指示，苗困惑地微微皺起眉頭。

「夫人，這樣真的沒關係嗎？」

「會有什麼關係？苗，難道妳不願意服從我說的話？」

「不，夫人言重了。我只是……不知道少爺會怎麼說。」

要是清霞聽聞這樣的事情發生，想必又會變得怒不可遏吧。不過，美世本人並沒有向清霞求救的打算。

為了讓芙由了解自己，這麼做是必要的——如果這麼對清霞解釋，他一定也能夠明白的。

於是，美世鼓起勇氣主動開口。

「我願意打掃，請讓我做吧。」

「妳看，本人也這麼說了呀，用不著跟她客氣喲，苗。盡量使喚她做事吧。」

說著，芙由再次「啪」一聲打開扇子，以它掩住自己的嘴巴。

她的一舉一動不僅優雅，還沒有半點破綻。像是刻意做給人看的這些動作，就算美世想要模仿，也絕對做不來。芙由彷彿明確畫下了一道分隔線，用它來表示兩人絕對無法互相理解的結論。

美世鼓舞自己感到挫折的心，然後抬起頭來。

「我會努力的，請多多指教。」

「苗。」

「是。那麼，能請您從擦窗戶開始嗎？」

看到苗帶著幾分躊躇這麼對自己說，美世朝她點點頭。

「擦窗戶嗎？我明白了。」

聽到自己也能勝任的工作內容，美世鬆了一口氣。

美世原本還擔心，要是苗指派了自己無力完成的工作，她真的會不知道該怎麼辦才好；但仔細想想，傭人的工作內容不可能困難到讓人做不到。只要像待在娘家時那麼做就好了。

美世以水桶提水，將抹布放進裡頭浸濕。

因為收到先從芙由的房間開始打掃的指示，向苗詢問打掃用具放置的地方後，美世隨即開始動作。

她踩上腳踏台，以充分擰乾的抹布擦拭大片的玻璃窗。用濕抹布擦拭會留下水痕，所以在擦了一部分的面積之後，再改用乾抹布將上頭遺留的水氣抹去。

芙由一直維持著緊皺眉頭的不悅表情，觀察美世的一舉一動，還不時開口挑她的毛病。

「那邊不是還有點霧霧的嗎？哎呀，真討厭，妳連這點雜事都做不好嗎？」

每當她這麼說，美世就會以「非常抱歉」低頭致歉，然後更賣力地重新將玻璃窗擦亮……這樣的情景不斷重複上演著。

這面玻璃窗比美世娘家、或是現在跟清霞同住的房舍裡頭的窗戶都要來得更大、更壯觀，所以清潔起來有點費力，但除了玻璃窗之外，美世連窗框和滑軌的部分都擦拭得一塵不染。

「那個……苗太太，請問這樣可以嗎？」

美世開口呼喚苗，請她檢視自己打掃後的成果。

這名老練的久堂家女性幫傭，先是圓瞪雙眼「哎呀」了一聲，接著在檢查過所有細節後點了點頭。

「非常完美呢，真是太棒了。這樣可以嗎，夫人？」

「哼，讓她接著做下一個工作吧。不需要給她休息的時間喲。」

看來，擦玻璃似乎合格了。意外的是，芙由沒有再用難聽的字眼謾罵自己，這也讓美世暗中鬆一口氣。

之後，美世真的在完全沒有休息的狀態下，接二連三埋頭於被分配到的工作之中，直到午餐時間為止。

擦拭走廊上的玻璃窗、清除毛毯上的灰塵、刷洗洗手間和浴室等會用水的地方。

芙由偶爾會來觀察她的打掃情況，然後拋下幾句嚴厲的批判。美世總會率直道歉，然後更加賣力地動手打掃。

隨後，這個家裡的女性幫傭們——苗、她的兒媳三津、以及寡婦夏代都輪流過來幫她的忙。

這裡果然跟娘家不一樣。

（婆婆雖然會開口挑剔，但不會對我動手呢。）

彷彿在否定美世這個人本身的辱罵性字眼、以及動不動揮來的巴掌。跟繼母或同父異母的妹妹在一起時，這些全都是家常便飯。娘家的傭人們對待美世的態度總是戰戰兢兢的，也經常視她為空氣。

美世並不責怪那些傭人。畢竟，他們也有自己的生活要扛，要是惹家裡的女主人不開心，他們極有可能馬上遭到解雇。

然而，齋森家的氣氛總是相當緊繃，就連傭人之間的交流相處，感覺也跟一片和樂這種形容詞無緣。相較之下，這裡完全不一樣。

雖然可能只是不願意碰觸到美世，但總之，芙由並不會對她施展暴力。女性幫傭們也都會親切地跟她對話，而且，儘管態度相當委婉，但苗甚至還會從旁勸諫芙由為難美世的言行舉止。

這是在齋森家絕不可能發生的情況。

「老實說……我完全低估了少夫人打掃的能力呢。」

跟美世一起擦拭浴室的磁磚地板時，夏代這麼開口。

「我原本以為，好人家出身的千金大小姐，不可能知道該怎麼打掃，所以小看了您。還請您見諒。」

「見、見諒什麼的……」

美世並沒有做什麼特別了不起的事情。雖說齋森家已經家道中落，但像她這樣來自名門世家的女兒，八成不會做什麼像樣的家事——就算別人這麼想，也是無可奈何的事情。

實際上，葉月也經常提到，就算在女校把基本的家事技巧全都學習過一遍，也不可能做到像傭人們那麼完美的程度。

「不對……啊啊，像這樣當面對您說這些話，其實就已經相當失禮了。真是非常抱歉，請原諒我說溜嘴的行為。」

的確，夏代或許是太誠實了一點。不過，換個角度看的話，這也代表她是個不會說謊的老實人。她實在不需要這樣畢恭畢敬地再三向美世道歉。

因為她的賠罪，反而感到過意不去的美世，只能默默地繼續打掃。

經過兩人擦拭後，原本就不會太骯髒的浴室，現在看起來變得更加乾淨清爽了。

「已經這麼晚了呀。」

這麼說來，差不多是正午時分了。美世腦中一瞬間浮現「得去幫忙準備飯菜」的念頭，但隨即又想起這個家中還有廚師在。

「少夫人，您接下來有什麼打算呢？或許先去請教夫人——」

比較好——夏代正要這麼說的時候，苗出現在兩人面前。

「少夫人，夫人找您過去。」

「好、好的。」

美世的身子不由得緊繃起來。她默默做好能夠承受芙由一切責難的心理準備，然後朝她的房間走去。

◇◇◇

（真是難以置信，那孩子是怎麼回事呀。）

指示苗去把美世找來自己房間後，此刻的芙由，實在無法掩藏內心的不甘。

清霞是讓她引以為傲的兒子。不僅眉清目秀，學業成績也無可挑剔，無論是身為貴族名門的當家、或是身為一名異能者——在每個方面，清霞都交出傲人的成果。成長為這般優秀的男性的他，可以說是芙由的驕傲。

所以，芙由也一直盼望他能迎娶一名完美的淑女為妻。

（竟然帶來那種小姑娘！）

打從清霞還在念書的時候，芙由便屢次替他尋覓理想的妻子人選，再將這些女孩送往清霞身邊。

芙由所挑選出來的女孩子，個個都是樣貌出眾、家世和素養也都無可挑剔的優秀人選。因此，就算是個性不太好相處的清霞，想必也能從中找出中意的對象吧——她這麼輕鬆地想著。

然而……

被芙由送往清霞身邊的女孩們，無一不向她哭訴「清霞對待自己十分冷淡」、或是忿忿不平地回絕和清霞的婚事，又或者是因為清霞本人感到不快，而強行中止這樣的婚約關係。類似的情況一再重複上演。

他到底對自己精挑細選的那些女孩有什麼不滿？

看到事情無法如想像中那樣順利進展，芙由有時也會感到心浮氣躁。不過，想到這是因為引以為傲的兒子，對自己的妻子同樣懷抱著很高的理想，倒也不會令人不悅了。

於是，芙由更努力地替清霞尋覓完美的淑女，再安排兩人相親，然而，隨著時間一年年過去，清霞卻變得愈來愈排斥結婚。

（老爺他也真是的。）

想讓那種空有虛名的名門千金跟自己的兒子結婚，根本是腦袋不正常。

初次聽聞齋森美世這個名字時，芙由甚至感到有些疑惑。畢竟她完全沒注意過齋森家這個家系。

（經過調查後，我才發現那根本是個不入流的家系呀。）

光是要花心力去了解這個微不足道的異能者家系，便已經讓芙由相當不快，因此她只有大致確認過。但這麼做也足夠了。

不但沒有財產、也沒有權勢，現任當家感覺又是個腦袋不太靈光的人，就算沒有進一步調查，也能想像他的女兒不會是什麼好貨色。反正，八成是從窮困的娘家逃到久堂家之後，仗著清霞的憐憫垂愛，然後開始得意忘形的女人。

在芙由眼中，美世只是在利用她自豪的兒子的溫柔善良，企圖以博取同情的態度，來占盡久堂家的便宜，根本是個不知羞恥的女人。

（這不是鬧著玩的呢。）

她可無法忍受別人蠶食鯨吞自己的寶貝兒子。

她得想辦法讓那個姑娘明白自己的立場才行。所以，為了打擊美世的自尊心，芙由要求她去做傭人的工作。

但結果呢？那個姑娘竟然沒有半句埋怨，就這樣換上傭人的制服，帶著一臉若無其事的表情開始打掃。

（她該不會習慣做這種事了吧？不對，那個家裡還有由里江在，她不可能會去做由傭人負責的家事。）

齋森家感覺也還是請得起傭人的狀態，所以，他們家的女兒沒握過菜刀、也沒擦過地板，是很合情合理的事情。想到這些窮人為了滿足自身的虛榮心，竭盡所能勉強撐起奢侈的生活，還真令人掬一把同情淚。

芙由完全沒發現自己徹底誤解了美世，只是對她的態度愈來愈不滿。

「打擾了。」

她惡狠狠瞪著靜靜走進房裡的美世。

在腦後隨意紮成一束的樸素黑髮、瘦弱的體型、再加上灰暗的表情，感覺就是刻意裝出一副楚楚可憐的樣子。在「我是多麼不幸、又是多麼可憐呢」這些主張的背後，她想必是笑得合不攏嘴了吧。

「打掃完了？」

「是的。」

「趴在地上打掃的模樣，真的非常適合妳喲。看起來悽慘又不像樣。」

「……」

「妳倒是給我說些什麼呀，竭盡全力動動妳那貧瘠的腦袋吧。」

這般踐踏美世的自尊後，芙由原本期待她會表露出本性，但美世只是垂著頭，緊抿著兩片唇瓣。

「那個……」

美世終於開口了。看到她的視線不知所措地在半空中游移了片刻，芙由還以為她想說什麼，結果——

「婆婆，那個……我很感動呢。」

「啊？」

「我完全不知道，原來久堂家會給傭人穿這麼好的制服呀。」

她到底在說什麼？芙由不禁蹙眉。

「這不是理所當然的嗎？我們可不能讓穿著打扮不像話的傭人留在家裡。要是不讓他們做可以見人的最基本打扮，會讓別人質疑久堂家的水準呢。」

雖說是傭人，但只要是受久堂家聘僱、為久堂家效力之人，就是這個家的一分子。

堂堂的久堂家，豈能讓自己的所有物看起來粗陋不堪？

連這種理所當然的道理都不明白的美世，更讓芙由感到心煩不耐了。

「連這種事情都不懂，竟然還妄想嫁進我們……」

「非常抱歉！」

聽到美世以格外開朗的嗓音向自己賠罪，芙由一瞬間「唔」地閉上嘴。

真要說的話，不知道是不是芙由的錯覺，每當她開口挖苦的時候，美世的一雙眼睛總會變得閃閃發亮。這到底是怎麼一回事？她明明是想貶低美世，卻好像老是白忙一場。

「妳真的有聽懂我對妳做出的那些評價嗎？」

「是、是的。」

看到這麼回應的美世，以天真無邪的眼神直直望著自己，芙由突然有種做壞事的感覺。

（我這麼做是正確的呀。）

雖然是個不願意照她的想法行事、老是讓她不開心的兒子，但身為母親，芙由仍想要守護清霞。

為此，她不可能答應這個姑娘嫁進家裡。就算這是清霞本人的期望、或是丈夫的安排也一樣。因為男人就是會輕易被這種女人矇騙。

婚事應該要在正確妥當的安排下進行才對。在被稱為名門世家的家系裡出生的人，必須肩負這樣的義務。

「我是在說妳配不上清霞！既然明白，就快點從這個家裡消失！」

坐在椅子上的芙由不自覺地激動起來。她將上半身往前傾，提高音量這麼怒吼。

「這個……」

「做不到嗎？我想也是。只要像這樣繼續被清霞保護著，妳就能過上不愁吃穿的優渥生活嘛。真的是有夠下流！」

「不、不是……」

「哎呀，妳說不是？那麼，迎娶妳這樣的姑娘進門，除了吃虧以外，難不成我們會有什麼好處？妳倒是說說看。」

聽到芙由這番徹底鄙視人的發言，美世垂下頭來。

這下子，她終於明白裝可憐的技倆對自己不管用了吧。真是痛快。正當芙由沉浸在勝利的優越感之中時，她看到美世再次抬起頭來，心中也因此瞬間湧現滿滿的不悅。

「我覺得……自己並沒有婆婆您所說的那種價值。」

美世的用字遣詞聽起來相當謹慎，但語氣卻沒有透露出半點動搖。她的執著和頑強，讓芙由感到加倍厭煩。

芙由內心的煩躁感，高漲到即將突破界限的程度。

「所以？」

「我不明白自己的價值為何，可是，老爺他願意需要這樣的我。因此……我無法放棄。」

「所以？妳以為這種天真的說法會管用嗎？」

芙由暴躁地將手中的扇子一開一闔，啪啪啪的聲響跟著不停傳來。

儘管是打從一開始就知道的事情，但到頭來，這個姑娘終究無法展現出芙由所期望看到的、身為名門千金的價值，而實際上，她也沒有任何能夠回報這個家的東西。

毫無意義的一段時間，毫無意義的一問一答。

眼前這個姑娘，是個不知羞恥又卑微渺小的存在。芙由無法忍受這樣的她讓自己心煩意亂的事實。

「——如果老爺願意允許的話。」

聽到美世這句話的瞬間，兒子昨天的發言跟著在芙由腦中浮現。

『我叫妳再說一次試看看，久堂芙由。』

『母親？別笑死人了，我從不曾承認妳是我的母親。』

『要是再聽到妳對美世說什麼，我會殺了妳。』

全身上下的血液彷彿一口氣直衝腦門。

清霞和美世都鄙視她、也沒把她當一回事。芙由只不過是前任當家的妻子，現在沒有任何的權力……這兩人根本沒把這樣的她放在眼裡，所以才會如此囂張地反抗。

盛怒之下，芙由的腦袋變得一片空白。

「別把人當傻子了！」

◇◇◇

美世對這樣的狀況有印象。

聽到芙由尖銳嗓音的瞬間，她便做好了被毆打的覺悟。不過，婆婆高高舉起的那隻手，並沒有揮向她的臉頰。

「就到此為止吧。」

「公公……」

正清出面制止了芙由的暴力行為。

恐怕是急急忙忙趕過來的吧，正清看起來有些喘，也不停咳嗽。

「對不起喔，美世。芙由，妳這樣的行為，我實在無法當作沒看到。」

看著妻子面紅耳赤地怒瞪著美世，公公以平靜的語氣開口勸諫她。然而，芙由眼中仍只有對美世的滿滿怒氣。

「把我當傻子……把我當傻子……把我當傻子！妳有什麼權利這麼做呀！」

「芙由。」

「快給我滾出去！沒有禮貌的東西！」

「芙由！」

這是個難以跟平常的正清聯想在一起的響亮嗓音。這下子，他的聲音總算是傳入芙由耳中了。

美世戰戰兢兢地朝正清所在的方向偷瞄，發現他臉上的表情嚴肅到令人難以置信，眼神也冷冽無比。

「別再繼續下去了。」

「老爺……」

「認清自己的立場吧。妳沒有權利對美世做任何事情，要是超越了最後的那條界線，就連我也無法袒護妳了。」

雖然語氣聽起來一如往常，但他不容辯駁的冰冷嗓音，讓芙由帶著畏懼的表情僵在原地。

沉默就這樣籠罩了房內片刻。時間彷彿跟著靜止。最後，是正清打破了這令人窒息的沉悶空氣。

「呼……美世，真的很抱歉，看來似乎給妳添了不少麻煩呢。」

「不、不會。」

儘管沒有直接被正清斥責，但美世也因為他的魄力，而緊張到無法好好出聲回應。

「是我不夠好，非常抱歉。」

「不，妳已經做得很好了，是我沒有多留意。」

這下子又要惹清霞生氣了——儘管笑著這麼表示，但正清的眼底沒有半點笑意。

美世感到背脊竄起一股寒意。事到如今，她才真正體會到雖然已經隱退，但正清過去仍是久堂家當家的事實。

「我……沒有做錯任何事。」

芙由以細微的嗓音輕喃。然而，她握著扇子的手用力到發白的程度。

「芙由，我很喜歡妳忠於自己情感的個性。然而，被自身情感左右，結果什麼都沒考慮就採取行動的人，不配被稱為人類。」

「！」

芙由不禁屏息，美世也嚇得身子微微打顫。

（這就是……公公他身為前任當家的一面嗎？）

無論是在帝都的主宅邸和大家聊天時，或是回到這棟別墅之後，正清看起來都深愛著芙由。

然而，面對自己深愛之人，一般人有辦法兜個圈子說出對方「不配當人」這種話嗎？還是說，在這個瞬間，正清對芙由的愛情已經消失殆盡了呢？

（總覺得……很可怕呢。）

即使是足以將深愛之人推落谷底的冰冷發言，正清也能夠輕易說出口。說不定，清霞其實也有著這樣的一面，只是美世不知道而已。

不過，就算是這樣，她也已經不會輕易受傷，更不打算離開清霞身旁。

突然極度想念起清霞的溫度的美世，握住自己冰冷的指尖，試著溫暖它。

◇◇◇

早上，在吃過早餐後隨即前往村落進行調查的清霞，內心感到苦惱不已。

想當然耳，原因來自昨晚發生的那件事……老實說，他壓根沒想到美世會做出那般激烈的反應。

回想起美世一溜煙逃走的背影，他就只想嘆氣。

（不對，說起來，我也不太對勁。）

清霞覺得自己做了相當愚蠢的發言。

而且，他當下並沒有想太多，直到開口之後，才發現自己說了什麼，因此感覺更糟糕了。那時怎麼會若無其事地說出這種話呢？就連他本人都很難相信自己竟然會這麼粗神經。

踩在泥土地上的沙沙腳步聲，粗魯得連清霞本人也心知肚明。

不夠了解人情世故，是美世的優點、同時也是缺點。再加上她的個性謹慎細膩，因此，可能不會馬上對他的發言有所反應——清霞曾經這樣茫然想像過。

（但是，這又怎麼樣呢？）

欺騙完全不了解狀況的女人，然後為所欲為……他可不認為自己有墮落成這等卑劣的男人。

然而，要是被問到他為什麼會若無其事地打算跟美世睡同一張床，清霞自己也無法回答。

他一邊悶悶地獨自煩惱，一邊往前走，一下子就抵達了農村。

——轉換一下思緒吧。

清霞吐出一口氣，將腦袋切換成工作模式。

來自這個農村的目擊證詞，他已經透過報告書全數確認過。最初的證詞，是一個月前在農村周遭發現神祕人影的報告。在這之後，類似的報告陸陸續續出現，也變成村民們討論的傳聞。

光是這樣，或許還不能算是對異特務小隊的工作範圍，但在幾天後——

（惡鬼出現了。）

說得正確一點，是生著尖角、有著人類外型的某種存在。

如果這樣的目擊情報只出現一次，還有可能是證人看錯了；然而，在這之後，看到可疑人影或惡鬼的報告仍持續增加。

這塊土地上，沒有跟惡鬼相關的傳說。

也就是說，這恐怕不是異形自然而然以惡鬼模樣現身的案例。因為，在沒有任何根源的地方，幾乎不可能有新的異形沒來由地誕生。

如此一來，這一連串的目擊情報，可能都只是目擊者的誤判，又或者導因於某種特殊的因素。

（先從位於村落邊境的廢棄小屋調查起吧。）

根據報告書的內容、以及昨天的商店店員提供的證詞，先不論惡鬼是否真的存在，可以確定的是，這陣子有可疑的集團潛藏在村落邊境的廢棄小屋裡頭。

要是事態嚴重，即使和異形無關，清霞依舊能透過軍人的權限，將那些可疑分子逮捕。

雖然昨天已經大致確認過廢棄小屋所在的位置，但身為外地人的清霞不知道該怎麼走過去。恐怕還是需要村民的嚮導協助。

「原來你是軍人啊。」

他再次造訪了昨天那間店，打算請顧店的女性為自己介紹對傳聞比較清楚的人物。

清霞沒有提及自己原本便是為了調查這件事而前來，他只是告知自己的軍人身分，表示說不定能幫上什麼忙，希望女性店員能給予協助。

「抱歉，讓妳嚇到了。」

「不，沒關係。你願意幫忙調查那些奇怪的傳聞就好。」

女性店員爽朗地笑著這麼說，然後領著清霞去見一名男子。

「他是這個村裡的年輕人之一。我不清楚詳細的狀況，不過，據說他是第一個看見怪物的人。」

「我聽說所謂的怪物，是看似惡鬼的人影。」

「噢，你很清楚嘛。這麼說來，確實也有這種傳聞呢。」

兩人一邊閒聊，一邊在小型木造民宅林立的村落內部前進。雖然在路上也遇過幾名村人，但每個人都對清霞投以不信任的眼神。

（這也是理所當然的吧。）

說起來，這種位處偏鄉的村落，基本上都很封閉。排斥外界的事物、對待外地人的態度也比較嚴苛，是很常見的情形。就連隸屬於時常得親赴現場調查的對異特務小隊的清霞，也為此吃過不少苦頭。

不過，因為這樣，他現在已經很習慣這種狀況，也掌握到了讓調查順利進行的訣竅。

此外，因為那些傳聞，這裡的村民都變得有些神經質。要是女性店員不肯提供協助，清霞恐怕會因為來自村民的強烈警戒，而無法好好完成任務吧。

「不過……」

在清霞陷入沉思時，女性店員露出有些壞心眼的笑容換了個話題。

「昨天那位可愛的姑娘呢？你們今天沒有一起出門啊。」

「嗯，畢竟不能把她也捲入奇怪的事件當中。」

這次的任務算是相當正式，他不能讓美世身陷危險。

聽到清霞坦率而沒有其他企圖的回答，不知為何，女性店員大笑出聲。

「啊哈哈！你真的是個很不錯的男人呢。好羨慕那個姑娘啊。」

「也不見得吧。」

「幹嘛這麼謙虛呢。要是我再年輕一點，可會想辦法牢牢抓住你這樣的男人喔。」

「也沒有妳說的那麼好。」

清霞認為美世是個很好的女孩子。

然而，自從她來到自己身邊後，清霞卻數度做出讓她傷心難過的行為。儘管想溫柔對待美世，卻總是做得不夠好。清霞覺得這樣的自己實在很沒出息。

就算這樣，他仍無法放棄她。不願放棄她。清霞懷抱著五味雜陳的心情，默默別開自己的視線。

「到了，就是這裡。」

這間小屋外頭沒有裝設門鈴，女性店員直接用力敲打大門。

裡頭傳來「誰啊」的人聲，女子出聲回答後，總算有人打開門露臉了。

「早啊。哎呀，一陣子沒見，你又瘦了呢。」

一如女子所言，從家中探出頭來的男子，看起來枯瘦又憔悴。

他的臉頰凹陷，眼睛下方也浮現了明顯的黑眼圈。滿臉鬍渣、一頭亂髮、再加上空洞的眼神。這樣的狀態明顯不正常。

男子沒有對清霞表現出半點興趣，只是以低沉又虛弱的嗓音開口。

「……回去。」

「就是有事找你，我們才會過來啊。」

「夠了，快點回去！我滿腦子都是那個惡鬼的事情啊。」

「何必這樣大吼大叫呢。」

「吵死了。那個聲音……那個聲音一直在我的耳邊迴盪，要是這樣敞開大門，惡鬼可能會闖進來啊！」

這麼說之後，或許是想起了目擊當下的光景吧，男子開始害怕得直打哆嗦。

雖然聽不太清楚，但他似乎喃喃說著「要被吃掉了……要被惡鬼吃掉了……」看來，這名男子確實是看到了惡鬼、或是遇上「會讓他堅信自己看到惡鬼」的事情。

以一聲「失禮了」知會過後，清霞從女子身旁往前踏出一步，朝那名男子靠近。

「你不用再擔心受怕了，先冷靜一點。」

說著，他輕輕將手搭上男子的肩頭，這時，男子的注意力才終於轉移到清霞身上。

「你……你是……誰？」

「我是隸屬於軍方的久堂，我來這裡調查最近的傳聞。」

「是……是軍人……」

「沒錯。」

聽到清霞回以肯定的答案，男子以不知道哪裡湧出來的力氣一把揪住他。

「救救我，拜託你救救我，軍人先生！」

男子的說法，跟清霞在報告書裡讀過的內容大同小異。

可疑人影的傳聞、躲藏在村落邊境老舊小屋裡的多個人影，以及惡鬼的目擊證詞。

男子表示，惡鬼的外型，看起來像是額頭上生著兩隻尖角的高壯人類。跟牠對上視線後，像是為了嚇阻男子那樣，惡鬼開始發出類似磨牙般、令人聽來相當不舒服的聲音。不過，因為這名惡鬼跟那些可疑的人影同樣以黑色披風掩藏自己的身影，所以男子當下沒能掌握到更多情報。

「我那時嚇到暈過去了。醒過來的時候，發現自己躺在村子的入口。」

「是誰把暈過去的你移動到那裡？」

聽到清霞這麼問，男子搖了搖頭。

「我不知道。可是，拜託你相信我，那個惡鬼絕對想吃了我！那時，牠確實有朝我撲過來！」

男子以雙手環抱自己不停顫抖的身子。從他無法對焦的雙眼看來，他或許是再次陷入恐慌狀態。

（看樣子，大概無法讓他帶路了。）

可以的話，清霞原本希望男子能實際到事發現場說明當時的狀況，但這下子，八成是沒辦法了。

試著安撫害怕不已的男子後，清霞決定獨自前往那間廢棄小屋。他請女性店員告訴他小屋詳細的位置，然後送他到村內和村外的交界處。

「真的送你到這裡就可以了嗎？」

「嗯，不好意思，謝謝妳。前方可能會有危險，所以到這裡就好。」

跟女性店員道別後，清霞步出農村，朝著和久堂家別墅相反的方向前進。

在這裡，村落跟山林之間的界線十分模糊。離開農村沒多久之後，通往山裡的斜坡隨即出現在眼前。從這個斜坡往上爬一段距離後，在途中朝另一側往下走，就能看到廢棄小屋的樣子。

清霞維持著一如往常的呼吸速度，健步如飛地沿著斜坡往上。

他照著女性店員的說明，在途中從另一側下山後，聽到潺潺水聲傳入耳中。

（她說那間小屋是建在河畔……）

現在聽到的水聲，想必就是來自那條河吧。

大概推敲出方向後，清霞毫不猶豫地朝水聲傳來的方向前進。

不久之後，他隨即從林木縫隙間窺見了小河。將視線往上游的方向移去後，他看見那裡有一間彷彿隨時都可能崩塌的腐朽小屋。

（是那個嗎？）

小屋看起來雖然很老舊，但的確是可以容納幾名成年人的規模。

清霞一邊警戒周遭的動靜，一邊朝小屋靠近。截至目前，他感覺不到任何氣息。這附近似乎沒有其他人在。

（是全都出門了嗎？到底會去哪裡？）

就算對方只是一般的流氓或罪犯，清霞也不覺得躲藏在這種地方，會對他們有任何好處。

實際上，他們已經引起了村人的注意，清霞也因此被派遣過來。如果是因為犯下某些罪行而正在逃亡，選擇這裡作為藏身之處，反而只會更引人注目。就跟希望別人找到自己沒兩樣。

還是說，他們有什麼非得選擇此處不可的理由？

（就算這樣，整件事情也太弔詭了。要是剛才那名男子所言屬實，等於是人類跟異形一起行動的狀態。）

人類與惡鬼——妖怪或幽靈等異形和平共存的事例，其實並不算少。

依照不同情況，雙方有時會透過契約建立起合作關係，對清霞等人來說，驅使異形為自己效力，也並非罕見的事情。

然而，唯獨這次的事件，他總覺得哪裡不對勁，有股揮之不去的異常感。

清霞暫時將接二連三湧現的疑問擱置一旁，輕手輕腳地來到伸手便可觸及小屋的距離。

裡頭看起來真的空無一人。聽不到半點聲響，也感受不到其他人存在的氣息。

清霞從小屋外牆上腐朽木板的縫隙往裡頭窺探。

雖然很難掌握整體的狀態，但裡頭看起來相當凌亂。果然有人把這裡當成暫時歇息的場所吧。除了毯子以外，地上還有散亂的食物殘渣。

清霞小心翼翼地走到大門外頭。

倘若對方是術師，小屋外圍或許已經設下了結界——雖然清霞這麼提高警戒，但他發現周遭沒有任何機關。也沒有物理性的陷阱。

踏進小屋內部後，除了有人住在這裡以外，他掌握不到任何有力的情報，裡頭看不到半點線索。就連藏身在此處的人物是不是術師，也無從得知。

倘若對方是術師，就能解釋惡鬼出沒的理由了。

不過，正打算轉身走出小屋時，清霞發現了某個東西。

（那是？）

清霞從地上拾起一件黑色披風。乍看之下沒有什麼明顯特徵，但內側有刺繡設計，以色澤略為鮮明的金色絲線繡出來的——似乎是某種圖樣。

（好像在哪裡看過這個圖樣……）

倒置的淺碟形日式傳統酒杯，以及圍繞在酒杯周遭、被火焰包覆的紅淡比。

光是看到這個帶有冒瀆意味的圖樣，就足以讓人湧現一股難以言喻的強烈不安和不適感。倒過來的酒杯不用說，讓被喻為神木的紅淡比遭到火舌吞噬，更是大逆不道。

不過，這種令人震撼、感覺會遭天譴的設計，清霞心裡倒是有個底。

目前，在不為人知的地方悄悄引發各類問題的某個集團組織。政府將他們的所作所為視為對天皇的反叛行動，在暗中努力追緝——

（我記得是叫做「無名教團」……）

關於這個新興宗教，一般民眾幾乎一無所知；但對政府和軍方內部來說，他們是相當棘手的存在。

無論是組織規模、教團真正的名稱、或是相關的內情都無人知曉。不過，直到最近，政府方面才發現這個圖樣，並因此怒不可抑。

（這裡就是那個教團的總部——這樣的推測，或許稍嫌牽強了。）

畢竟，這裡過於引人注目，而且這種破爛的小屋，根本沒有什麼規模可言。

長時間待在此處也不是辦法。思考到最後，清霞決定把披風放回原處，然後離開小屋。

雖然那個刺繡圖樣很可能會成為重要的線索，但要是讓對方察覺到小屋遭人入侵，事情恐怕會變得很麻煩。這些可疑分子說不定會懷疑起農村裡的居民，然後對他們出手。

這是絕對必須避免的事態。

清霞帶著一臉若無其事的表情回到農村，然後前往商店露臉。

他發現除了女性店員以外，聲稱自己看到惡鬼的那名年輕人也在裡頭。

「噢，是你啊。結果怎麼樣？」

「那間廢棄小屋裡空無一人，沒看到任何人或是惡鬼。」

「真的嗎？」

戰戰兢兢地這麼詢問的男子，看起來情緒似乎已經平靜下來。雖然臉色看起來還是不太好，但已經沒了先前那種方寸大亂的感覺。

「嗯，不過，看起來有人住在那裡頭。還是小心為妙。」

「你是軍人吧？不能把那些傢伙抓起來嗎？」

「沒人在現場，我要怎麼抓呢？我會在其他時段再過去進行調查，要是他們有什麼動靜，麻煩你們跟我說一聲。」

「那……那當然了。」

看到男子點頭答應，清霞也朝他點點頭。在一旁看他們對話的女性店員笑著開口。

「你也不能因為自己是軍人就逞強喔，別讓那位可愛的姑娘太為你操心了。」

「嗯。」

被她這麼一說，清霞突然擔心起獨自留在別墅裡的美世。

父親看起來打算站在美世這邊，所以大概不至於發生什麼太誇張的事情，然而，那間宅邸的女主人確實是自己的母親。

就算清霞有事先說重話警告，仍難保她不會對美世做什麼。

（我竟然也會有無法專注於工作上的時候嗎？）

這樣沒出息的自己，不禁讓清霞感到有些厭煩。他伸手揉揉眉心。

若是跟下屬待在一起，他倒還不會鬆懈下來。不過，因為這次的任務全都由清霞一人全盤負責，他得想辦法振作精神才行。

向提供協助的女性店員表達感謝後，清霞便返回別墅。

在一大早出門後，不知不覺也過了好一段時間。現在早已過了中午。

或許因為這樣，直到方才都還很晴朗的天氣，也開始出現變化。淺灰色的烏雲慢慢覆蓋住天空。雖說山上的天氣原本就多變，但現在彷彿連氣溫都跟著降了好幾度。

清霞沿著早上走過來的路線，從田野之間穿越。在他即將踏上森林裡那條唯一通往別墅的小徑時——

（這種感覺是……）

他感覺到一股彷彿有人在附近徘徊的可疑氣息。

雖然可能是別墅裡的成員，但正清也說這陣子有在附近看到可疑人物出沒。更何況，既然那間廢棄小屋裡看不到半個人影，在裡頭逗留的流氓或罪犯，因為某些理由而在這一帶閒晃，恐怕也不足為奇。

清霞隱藏住自身的氣息，慎重地朝別墅所在的方向前進。

可疑的氣息變得愈來愈強烈了。不過，讓他人如此鮮明地察覺到自身的氣息，對方八成是個外行人吧。

話雖如此，清霞並沒有掉以輕心。他移動自己的視線，然後在視野的一角發現了某個身影。

清霞盡可能在不發出腳步聲的狀態下，快步上前追趕那個身影。然而，因為地上滿布落葉。他不可能完全不發出腳步聲。

喀沙，落葉發出輕微的摩擦聲，清霞判斷對方這下恐怕會發現自己。

（——無所謂。）

既然被發現，就不用再放輕腳步了。

在瞬間做出這樣的判斷後，清霞一口氣衝上前拉近距離。面對他矯捷的動作，對方無計可施，只能任憑自己的身影暴露在他眼前。

「那身披風……果然是這麼一回事嗎？」

這名可疑人物頭上罩著黑色的頭巾，因此清霞無法看清楚他的長相。

一如清霞所想，披風人跑得並不快。平常總是勤加鍛鍊、再加上運動神經也很好的他，一下子就追上了對方。

「嗚！」

「到此為止，你已經逃不了了。」

清霞一把將對方的手腕扭轉至背後，並牢牢抓住。掌心傳來的觸感偏硬、骨架也很粗壯，可以判斷對方是一名男性。

清霞扭住發出低沉呻吟聲的披風男，讓他跪在地上。男子的頭巾因為這樣的動作而跟著滑落。

「可惡！」

男子憤恨地狠狠咬牙。清霞對他的面容沒有印象。除了表情茫然、看起來似乎很年輕以外，他的一張臉沒有其他明顯的特徵。

然而，男子的雙眼疑似閃過一道黯淡的光芒。

「怎麼？」

某種令人寒毛直豎的異樣氛圍擴散開來。

情況不太對勁。在清霞更用力壓制住男子的下個瞬間，男子的身體突然唰一下地變燙。

清霞吃驚地朝後方退開，男子也以遲緩的動作起身。不同於方才，一切的表情都從他的臉上消失了。

他看起來宛如人偶那般空洞而缺乏生氣。

（這是……怎麼回事？）

男子面無表情地舉高自己的右手。

下一刻，滿布在地面上的落葉一口氣全數飛向半空中。

「是異能嗎？」

面對這個雖然不尋常、但自己早已司空見慣的光景，清霞不禁皺眉。

「去……死……」

男子斷斷續續地這麼低喃，然後將舉高的手用力往下一揮。同時，原本在空中飛舞的大量落葉，也以幾乎無法用肉眼捕捉的速度朝著清霞襲來。

清霞以鼻子輕哼一聲，自己還真是被看扁了。對方以為用這種騙小孩的技倆，就能夠殺掉他嗎？

「沒用的。」

朝清霞高速射過來的葉片，前端還來不及觸及到他，便失去力量而再次飄落地面。

儘管如此，男子臉上的表情仍沒有任何變化，他只是不斷重複相同的動作。不過，不管發動幾次攻擊，他都沒能傷害到清霞。

再這樣下去會沒完沒了——這麼想的清霞再次逼近男子。這次，他揪住對方的手腕，一把將他摔倒、壓制在地。

「雖然不知道有沒有效……」

他從懷裡掏出護符，一邊喃喃念咒，一邊將它貼在男子的背上。這是能夠封印異能的護符，但清霞不確定在這種情況下是否能發揮效用——因為，這名男子恐怕並不是異能者。

被貼上護符後，男子先是一瞬間全身痙攣，接著無力地倒下。

「奏效了嗎？所以，剛剛那真的是異能？」

男子變得面無表情後所散發出來的氛圍，簡直跟先前的他判若兩人。更何況，要是男子本人是異能者，在被清霞揪住之前，他應該會試圖以異能抵抗才對。

清霞不曾見識過這樣的現象。

說得武斷一點的話，方才施展異能的這名男子，看起來跟人類被人外之物附身時的感覺很相似。然而，在這種情況下，封印異能的護符基本上應該無法發揮效用才對。

「這到底是怎麼一回事？」

難掩一臉困惑的清霞，只能皺眉俯瞰著失去意識後倒地的男子。

第四章　縈繞交錯的思緒

接近傍晚時，得知清霞返回別墅的美世急急忙忙來到玄關。

「歡迎您回來。」

「我回來了。」

前來迎接清霞時，美世不斷提醒自己要盡可能笑容以對。在看到她之後，清霞露出看似放心的笑容，輕輕將手放在她的頭上。

然而，他的掌心卻冰冷得令美世大吃一驚。

「老爺，您的手好冰呀。」

「啊，抱歉，妳不喜歡這樣嗎？」

「不，那個，我不是這個意思……」

美世以雙手輕輕包覆住清霞慌慌張張收回的那隻手。

「我會擔心的。」

清霞本人或許沒有自覺，不過，剛踏進屋裡的時候，他明顯沉著一張臉，整個身體似乎也變得很冰冷。他到底做了多少勉強自己的事情？

「還有一點時間才吃晚餐。在這之前，請您在溫暖的房裡休息吧。」

聽到美世以堅定的嗓音表示「請您務必要這麼做」，清霞不禁圓瞪雙眼。

「妳今天格外強勢啊。」

「咦！」

自己真的有這麼強勢嗎？不過，要清霞休息這一點，美世確實完全不打算讓步。

這時，美世才想到自己方才主動握住清霞的手的行為。

「我……我……」

她竟然不自覺採取了這般大膽的行動。意識到這一點之後，美世不禁害羞得雙頰發燙。

「對……對對……對不起！」

這次，換成美世驚慌失措地抽回自己的手。雖然不覺得清霞會因為這點事情就動怒，但內心湧現的坐立不安，還是讓美世將賠罪的臺詞脫口而出。

聽到清霞震顫著喉頭的笑聲從上方傳來，她感覺臉頰又變得更燙了。

「妳的手很溫暖呢。」

「是、是的。」

「走吧。不是要去房裡休息嗎？」

清霞以極其自然的動作，拾起仍顯得不知所措的美世的手。

——怎麼辦？我的心跳得好快呢。

每當看到兩人相繫的手、感受到清霞掌心傳來的溫度，美世內心就會湧現一股陌生的、讓她不知該如何是好的情感。她總覺得自己似乎想了一堆沒有必要去想的事，又好像什麼都沒在想。

為了擺脫害臊和難為情的感受，抵達清霞的房間後，美世便卯起來照顧他。拿毯子給清霞、替他沖泡溫熱的綠茶、又往暖爐添了點柴火。

「老爺，您要不要去泡個澡呢？」

「不，不用了。比起這個，妳稍微鎮定一點吧。」

聽到清霞這麼規勸，美世瞬間停下動作。看樣子，她似乎忙過頭了。如果地上有個洞，她真想羞愧地鑽進去。

美世沮喪地垂下雙肩，準備在清霞對面的椅子上坐下。

聽到清霞以「等等」制止，她不解地歪過頭。

「這邊，妳過來這裡坐。」

清霞將兩張椅子並排在暖爐前方，在其中一張坐下來之後，指著另一張椅子示意美世坐下。

儘管想以「我這麼做的話，就太不成體統了」婉拒，但清霞的眼神看起來極其認真。一副不容辯駁、彷彿在說「妳該不會想違抗我吧？」的感覺。

遺憾的是，美世並沒有違抗他的力量。

不對，真要說起來——

（我其實一點都不覺得遺憾呢。）

不僅如此，美世似乎還覺得……很開心。至少，她現在沒有半點想要違抗清霞的想法。

儘管困惑，她仍老老實實地在清霞身旁坐下。

接著，清霞攤開美世替他準備的毛毯，一邊表示「再靠過來一點」，一邊以毛毯將美世整個人包住。

兩人單側的身體緊緊貼在一起。彼此的體溫，彷彿從接觸到的部分開始融合。

好不容易平靜下來的心跳，現在又開始狂亂不已。

「老……老爺……」

「怎麼？」

「那……那個……這個……」

「別亂動，安分一點。」

雖然聽起來儼然像是綁架犯會說的臺詞，但美世沒有餘力去在意這些。

「可……可是……」

為什麼要把我也一起裹在毯子裡——儘管想這麼問，但因為劇烈的的心跳聲實在太吵，美世幾乎聽不清楚自己到底說了些什麼。

「這樣比較溫暖吧？」

「說……說得也是……」

待美世道出自己唯一能想到的回應後，沉默籠罩住兩人。

靜靜待著不動，會讓美世忍不住將注意力集中在自己身旁。不過，這當然不是因為她感到不快……反而應該說這讓她覺得舒適又安心。

兩人不知道這樣靠著彼此多久之後。

清霞淡淡地開口問道：

「今天一整天過得怎麼樣？」

美世理所當然明白他這麼問的用意。

妳是怎麼度過今天這段時光？跟芙由之間有沒有發生什麼事情？畢竟昨天才發生過那種事，清霞會在意也是正常的。

一如美世擔心著清霞，清霞同樣也擔心著美世。

「啊，呃……」

雖然有料到清霞會這麼問，但美世沒能事先想好一個完美的答案。

要是老實回答，他想必又會為了美世而動怒吧。然而，這是美世和芙由兩個人之間的問題。

（可是，我也不喜歡有事情瞞著老爺。）

這種時候，隱瞞自己真正的想法，也不會有半點好事。這點美世現在已經再清楚不過。但另一方面，想要靠自己一個人的力量解決的想法，也不斷拉扯著她的內心。

老實說，在那個當下，她原本希望正清可以晚一點再介入她們倆之間。

不過，要是芙由真的動手、因此導致自己受傷的話，就為時已晚了。這樣一來，美世和芙由的關係絕對會變得相當尷尬。從結果看來，正清在那個時間點出面，或許是正確的。

儘管如此，沒有任何力量的她，仍希望能以自己的力量解決問題。這樣的想法，會不會只是一種任性？

「美世。」

美世擱在腿上的手，被清霞偏硬而巨大的掌心覆蓋住。

他想必已經看穿美世企圖隱瞞什麼的事實。所以，無論再怎麼抵抗，除了坦承以對，美世沒有其他的選擇。

「您可以不要生氣，靜靜聽我說嗎？」

「依照妳說的內容而定。」

「那……我沒辦法說。」

「妳變得伶牙俐齒了啊。」

或許是感受到美世不願讓步的堅定意志了吧，清霞嘆了一口氣表示「真是拿妳沒辦法」。

「我不會生氣，妳說說看吧。」

「是。」

在清霞催促下，美世支支吾吾地道出在早餐時間過後發生的事情。

在那之後——在正清介入美世和芙由之間主持正義後，基於他的要求，美世只能返回房間裡乖乖待著。

她想跟芙由兩個人好好談談——雖然美世這麼期望，但因為被正清阻止，她也不好堅持自己的想法。在發生過那種事之後，要是兩人馬上又見到面，芙由的心情也因此受到影響的話，美世這樣的行為，等於只是在給正清添麻煩而已。

不過，她壓根沒打算就此放棄。

在美世說明事情的來龍去脈時，清霞散發出來的氣場愈來愈可怕；說完這件事的時候，他已經是一副隨時都會開口表示「我現在就去取她性命」的模樣。

房裡明明很溫暖，美世卻覺得自己快要開始發抖了。

「那個女人……」

清霞的這句輕喃，嗓音聽起來低沉無比。

這樣下去，芙由可能真的會被他殺掉。感覺不是開玩笑、而是真的會化為現實的想像，此刻從美世腦中閃過，讓她焦急地說了一大串發言。

「老爺，那個……反正我也無法只是靜靜待著，什麼都不做……婆婆並沒有用什麼太困難的工作刁難我，公公也出面阻止她的行為了，所以……」

「問題不在這裡。」

不然，問題在哪裡呢？

看到美世困惑的反應，清霞以帶著怒氣的表情問道「妳不明白嗎？」

「的確，我無法容忍她恣意使喚妳的行為。但更重要的是……」

覆在美世手上的清霞的掌心，此刻緊緊握住她的手。

「她懷著惡意，踐踏了妳身為人的尊嚴。我絕對無法原諒這一點。」

「尊嚴……」

讓清霞動怒的，竟然是這種她完全沒想到的理由。美世感到更不解了。

真要說起來，倘若讓美世自問「我的內心存在著尊嚴這種的東西嗎？」答案想必是「否」。

打從出生至今，美世從不認為自己有任何值得尊崇的地方。同時，她也不覺得這樣的狀況令人悲傷。

清霞所說的尊嚴，究竟是什麼樣的東西，她感覺摸不著頭緒。

「不明白也無所謂，只是我不能容忍而已。」

平靜地垂下眼簾的清霞，看起來比身為當事人的美世更加痛苦。不過，看到他願意這樣為自己抱不平，美世覺得相當感激。

「如同婆婆所說的，我什麼都做不到。」

「沒有這回事。」

「不，這是真的，雖然姊姊教了我很多事情……有些我也真的學起來了。可是，真正的我依舊沒有太多價值，所以……不管今後再怎麼努力，我恐怕也終究是個半吊子吧。」

美世不具備任何身為名門千金應有的能力素養。這種像是臨時抱佛腳的努力，成果當然有限。拜葉月為師後，愈是向她學習，愈讓美世深深體會到自己有多麼不諳世事、又是多麼無力。

儘管如此，她仍想相信這個世上有自己能夠做到的事情。一如讓清霞願意選擇她的、能夠打動人心的某些事情。

「老爺，謝謝您像這樣為我打抱不平。可是，能請您再繼續從旁看著我努力一陣子嗎？我想好好面對婆婆。」

「妳說的一陣子，是多久的時間？」

「希望您一直等到我決定放棄的時候……可以嗎？」

看著清霞像個鬧彆扭的孩子的態度，美世不禁覺得想笑。

不過，這種平靜的心情在下個瞬間徹底消失。

「要是我說不可以，妳會放棄嗎？」

清霞將臉埋在美世的肩膀上。雖然完全看不見他臉上的表情，但美世從頭到腳的體溫都比剛才來得更高。

靠得這麼緊的話，她激烈的心跳聲說不定會被清霞聽到。雖然這麼想，但自己的心跳並未因此緩和下來，反而變得更加劇烈。

因為太過緊張，美世的嗓音聽起來有些高亢。

「我、我不會……放棄的。」

「就算我說因為自己過度在意妳，甚至無法專心工作也一樣嗎？」

「嗚……我希望您……能夠好好工作。」

這是為什麼呢？總覺得好開心。

老實說，美世也希望清霞能一直陪在自己身邊。面對芙由令她害怕，如果可以逃避的話，她也想這麼做。可是，這樣一來，就無法解決任何問題。

片刻後，清霞重重嘆了一口氣。

「跟妳在一起，會讓人失去自信啊。」

「那個……對不起。」

美世不知道還能說什麼。不過，抬起頭來之後，她看到清霞眉毛彎成八字狀，臉上露出看似有些困擾的微笑。

「沒關係，妳就照妳想做的去做吧。」

「是！」

美世用力點點頭，展露出發自內心的笑容。

她一定可以跟芙由互相理解。芙由總是那麼關心清霞，美世不覺得這樣的她會是個壞到骨子裡的人。

明天，就算沒有被芙由找過去，也要主動去見她。美世這麼下定決心。

◇◇◇

這天的晚餐時間，只有清霞和美世兩人到場。

芙由以心情不佳的理由缺席，根據傭人們的說法，正清似乎一直在她身旁陪伴伺候著。

坐在清霞身旁的美世，倍感興趣地品嘗著以西式餐點為主的菜色。看著這般天真無邪的她，清霞覺得稍微放心了。

（我或許是在害怕吧。）

因為，倘若美世被母親傷害後，又回到像以前那樣不願意對人敞開心房的狀態，那就是清霞的錯了。是把美世帶來這個地方、是覺得母親很惱人，因此長年以來無視她的清霞的錯。

用過晚餐後，清霞和之後打算去洗澡的美世分開行動。

這間宅邸裡的大浴場，除了分成男用和女用的空間以外，還引進了溫泉，因此非常地道地。美世看起來似乎也相當中意。

返回房間的清霞，將今天的工作成果大致整理成書面報告後，像是突然想到什麼似地前往吸菸室。

這間別墅的一樓，設置了格局還不算小的吸菸室。不過，清霞並沒有抽菸卷的習慣，身體虛弱的正清就更不用說了。所以，也只有訪客會使用這個空間。

「嗨，我等你好久嘍，清霞。」

「你喝酒沒關係嗎？」

「是不太好，不過，偶爾跟兒子一起喝酒、聊些只有自家人會聊的話題，感覺也不錯嘛。」

做休閒和服打扮的正清，獨自待在吸菸室裡，捧著小巧的日式酒杯飲酒。

菸卷的客群主要是男性，因此，這個用來品味菸卷的吸菸室，基本上不會有女性入內。

所以，清霞判斷若是正清想找他談談，大概會選在這個地方。

「還真敢講啊，我可沒有原諒你。」

在多張並排的椅子當中，清霞選擇在跟正清隔了一張椅子的位置上坐下。拾起桌上閒置的酒杯後，父親親手替他斟酒。

「美世有沒有很沮喪？」

正清沒有為兒子方才那句發言多做反應，只是以帶著幾分哀愁的表情這麼詢問。

清霞捧起酒杯，緩緩嚥下裡頭的清酒。昨天從那間商店裡買來的當地特產的清酒，入喉溫潤、還帶有淡淡的甜味。

「她沒有感到沮喪……美世太過習慣被人傷害了。她甚至可能連自己是不是受了傷，都搞不清楚。」

「是嗎？對她真不好意思呢。」

從以前開始，清霞就很厭惡父親的這種地方。

他以開朗的笑容，掩藏住自己冷淡又殘酷的本性。他絕不會讓人窺見自己的內心，雖然表現出一副深愛家人的模樣，但實際上，他對自己的家人並沒有太大的興趣。

現在也是，儘管將反省的話語脫口而出，但他心裡八成完全不這麼想。

「你總是只出一張嘴。」

清霞不禁吐露出略為孩子氣的指責。他明明從很早以前，就不再對自己的父親有所期待了。

依舊維持著滿面笑容的正清，看來令人有些發毛。

「清霞，我啊，其實真的很後悔喔。後悔自己過去把這個家、把家人晾在一旁的行為。」

「因為工作很忙」什麼的，完全不能當作藉口——像是戴著笑臉面具的正清輕聲這麼說。

……打從一出生，父親的身體就很虛弱。

肉體跟不上強大的異能——在強力異能代代相傳的家系之中，偶爾也會出現這樣的異能者。就算身體底子其實健康到只要沒有異能，就能過著無異於一般人的普通生活；然而，一旦在出生時繼承了強大的異能，肉體便會不堪負荷。

為此，父親吃了不少苦頭，清霞也明白這一點。獨一無二的久堂家——為了守護這樣的地位，即使身體虛弱，也不能被其他家系看扁。所以，父親花了比其他人更多的心血和力氣，來確實盡到自身的職責。

至於母親，如果撇開喜好鋪張奢華的個性、以及歇斯底里的脾氣不談，她其實可說是一名相當優秀的女主人。而且，對久堂家這種坐擁龐大資產的家系來說，就算女主人花錢如流水，也完全不成問題。

因此，父親因為忙碌，而把家中的一切都交給母親打理，也是不得已的狀況。這點清霞也明白。

無處宣洩的這股情緒，讓清霞不由得嘆了口氣。

「針對已經過去的事情討論是非對錯，恐怕也只是浪費時間吧。」

儘管無法接受，清霞仍選擇結束這個話題。正清朝這樣的他露出苦笑。

「說得也是。那麼，我們來聊比較有建設性的話題吧。有跟先前被你抓到的那個男子問出什麼情報嗎？」

「根據那個男子的供詞，傳聞中的『無名教團』，正式名稱似乎是『異能心教』。此外，他很有可能被施以強力的洗腦、或是處於被下達某種暗示的狀態。」

清霞將自己逮到的披風男關在這間別墅的地下室裡，在裡頭對他進行訊問。

為了避免嚇到美世或其他傭人，他佯裝成直到接近傍晚時分才回來；但實際上，在中午過後，他便一直待在地下室裡。

男子的言行舉止一直很支離破碎、讓人抓不到重點。

針對他所驅使的那種類似異能的力量提問後，男子主張那是上天賜予他的神力。而因為過於神聖，像自己這樣的凡人，無法參透其中的真理。

問到無名教團相關的問題時，男子則堅定地表示該教團的教義十分崇高，無法理解教義內容的人，會成為干擾人類進化、阻礙平等社會建立的存在。

（沒能得到任何具體的情報呢。）

清霞原本也懷疑對方有可能是在跟他打馬虎眼，但就算這樣，那名男子看上去實在不太對勁。他幾乎沒有任何情緒起伏，即使被囚禁在地下室，也沒有表現出半點驚慌失措或恐懼的反應。

「『異能心教』是嗎？對我們來說，這是個挺讓人在意的名字呢。」

無名教團相關的情報，會在所有異能者之間流通。因此，即使是早已退隱的正清，也明白這方面的情況。

既然名字裡頭有「異能」兩個字，或許就會跟清霞等人有所關連。

「總之，有必要跟中央同步採取行動。我已經派遣式神過去了，他們大概明後天就會做出什麼回應吧。」

清霞原本是為了執行軍方指派的任務，才會前來調查這件事。不過，像這種牽扯到政府的事件，若是他基於獨斷行動，一個沒弄好，日後可能會被當成問題人物看待。

雖然很麻煩，但在收到相關指示前，他只能避免使用武力，將重心放在農村周遭的戒備和調查工作上。

「唔，說得也是。而且，在這間別墅附近鬼鬼祟祟徘徊的人，應該也是他們沒錯。」

正清點點頭，小口小口地啜飲杯中的酒。

「要是情況危急，美世……恐怕就得拜託你了。」

「你說的情況危急是指？」

聽到父親壞心眼地這麼反問，清霞惡狠狠地瞪向他。

明知道他想說什麼，卻還故意裝蒜，這個人個性真的很差。

「那些傢伙很明顯在警戒這個家——也就是久堂一族。沒人知道他們會因為什麼樣的契機，而對我們刀刃相向。」

既然會刻意在別墅附近窺探一家人的動靜，對方很有可能心懷不軌。然而，一旦他們真的發動攻擊，身為公僕的清霞，有可能無法自由行動。

「沒想到你也會拜託我這種事情呢。」

「不行嗎？」

「不是，我只是覺得你……真的愛著美世呢。」

清霞不禁瞪大雙眼。

為了理解正清這句話的意思，他的大腦停擺了一瞬間。

（愛？）

他在此刻感受到的震驚和困惑，不是一句「出乎意料」所能夠形容的。畢竟，愛情或戀慕這類的情感，一直都跟清霞無緣。

關於自己對美世所懷抱的情感究竟為何，他也不曾深入思考過。

（不對，我覺得應該也有種……類似疼愛的情感……）

清霞不自覺地以手掩嘴，潛入記憶的大海之中。開始為了各種翻騰的思緒苦惱起來的他，儘管正清在一旁露出看好戲的表情，也無力顧及。

——自己對美世懷抱的感情，是男女之情。

這的確是讓清霞大為震驚的事實。不過，不可思議的是，他也有種恍然大悟的感覺。

◇◇◇

這裡是帝都中天皇所在的宮殿。

出差中的對異特務小隊隊長久堂清霞所回報的情報，以最快的速度傳遞給小隊、政府和軍方本部。

也因為這樣，儘管已經接近傍晚時分，各大相關單位的人員依舊忙碌不已。

雖然表面上風平浪靜，但天皇所在的宮殿其實也不例外。

（還挺有兩下子的嘛……）

身為皇子的堯人，以現任天皇代理人的身分掌管著國家大事。而現在，被這樣的他找來宮殿裡的，是薄刃家的繼承人薄刃新。

在老家經營的貿易公司裡工作的他，穿著料子很好的深灰色三件式西裝，直接從公司趕過來。

新踩在碎石子路上，一邊朝目的地前進，一邊鬱悶地不停嘆氣。

（為什麼每次那個人一採取行動，就會有奇怪的東西上鉤呢？）

表妹的未婚夫清霞，讓新懷抱著相當複雜的情感。

人在外地的清霞捎來的最新情報，是跟無名教團——異能心教相關的內容。這個情報讓中央政府上上下下忙得一團亂，而新也在一頭霧水的情況下被堯人找了過來。

只是去調查異形的目擊情報，為什麼會演變成跟打算推翻天皇的教團相對峙的情況呢？真讓人無法理解。

抵達目的地的宮殿外頭後，已經在那裡待命的下人，以畢恭畢敬的態度迎接新的到來。

「我們恭候您多時了，薄刃大人。」

「請替我帶路。」

「小的明白了。」

新跟著這名年齡稍長的男性下人前進，最後來到位於宮殿最深處的謁見廳。

「打擾了。薄刃大人來訪。」

待下人隔著日式拉門這麼稟報後，裡頭傳來「進來」的回應。

新緩緩拉開拉門，輕手輕腳地踏入裡頭。身為薄刃家的繼承人，從年幼時期便接受完整的禮儀教養訓練的他，身體自然而然地這麼動了起來。

「薄刃新在此叩見堯人大人。」

「汝來得好，新。」

這位大人一如往常的豔麗動人。以最高級的絲綢縫製而成的深藍色束帶（註2）、以及脫俗非凡的美貌。無論跟他見過幾次面，都讓人覺得缺乏真實感。

「看到堯人大人也依舊——」

「時間有限，吾等擇日再悠哉地問候彼此吧。」

看到堯人急著切入正題的罕見態度，新忍不住瞪大雙眼。

堯人是個跟「趕時間」或是「慌張」等字眼感覺無緣……不，是確實無緣的存在。他會像這樣急著談正事，目前的事態想必相當緊急。

「吾就直接說了。新，希望汝馬上動身前往久堂家的別墅。」

註2：自平安時期以後的朝廷貴族或高官所穿著的正裝。

來。

「咦……」

「有何不滿嗎？」

不，我不是這個意思——

眼前這位高貴的人物，似乎也看穿了新內心的困惑。現場的氣氛變得稍稍緩和下來。

「吾明白。不過，汝是最適合的人選，去了就能明白了。」

又補上一句「大概吧」之後，堯人臉上浮現了類似笑容的表情。

正常情況下，有清霞在的話，戰力想必相當足夠才對。無論異能心教還留有何種王牌都一樣。

這麼一來，難道是需要薄刃的異能嗎？除了這種可能性以外，新實在想不到堯人特地派遣他過去的用意。

「對了，雖說要馬上……但今日時辰已晚。明天，汝先去和對異特務小隊好好了解相關情報，待後天再動身即可。」

「感覺您這次擬定的計畫格外具體呢。」

「唔。老實說，吾也不確定接下來會發生什麼事……不過，能夠確定的是，讓汝走這一趟，是最妥當的做法。」

堯人的發言內容多半很抽象。然而，對異能者來說，擁有天啟之異能的他，每句發言都是不可質疑的。而現在的新，也沒有違抗這個命令的理由。

畢竟，多虧了堯人，薄刃家才能慢慢開始擺脫長年以來的束縛。無論對薄刃家、或是對新而言，這都是個令人欣喜的變化。

堯人是個值得誠心誠意效忠的君主，這一點不會有錯。

「知道了嗎，新？」

聽到堯人這麼問，新朝他深深叩首致意。

「是。一切如您的吩咐。」

或許，在這一刻，新的腦中已經浮現了某種預感。

想要改變的話，有些過去和人物，是薄刃家必須好好正視的。

——以及在那之後，薄刃家恐怕得因此面對存亡危機一事。

第五章　逼近之物為何

好好面對芙由。

在美世這麼暗自發誓的隔天早上。

清霞、美世和正清三人吃完早餐後，男性陣營的兩人為了工作而分別外出。

美世不知道正清去了哪裡，清霞今天則是也得前往村裡調查怪異現象。

「老爺，還請您不要太勉強自己了。」

看到來玄關送自己出門的美世這麼叮嚀，清霞露出淺淺的苦笑。

「嗯，不過，這同時也是我想說的話啊。妳也絕對不能勉強自己。」

「是。」

美世直直望著清霞的雙眼點頭回應，但不知為何，清霞露出有些質疑的表情。

「真的拜託妳不要勉強喔。」

「是。不要緊的。」

「唉，拜託妳對痛楚更敏感一點吧……」

「咦？」

這是什麼意思？對美世來說，清霞的發言有時實在令人費解。

清霞一臉無奈地轉過身。

「我出門了。」

「是。請您路上小心。」

美世輕輕揮手目送清霞離去，直到他的背影消失在大門的另一頭為止。

待大門關上後，她以一聲「好！」鼓舞自己，又輕輕拍了拍雙頰兩下。

（好了，去跟婆婆請安吧。）

聽清霞說，他們倆頂多只會在這間別墅再待個兩、三天而已。

這也是很正常的。畢竟清霞是負責率領一整支軍隊、責任重大的人物，他像這樣親赴現場調查，是很罕見的情況。照理來說，他不能一連離開帝都好幾天，是理所當然的事情。

然而，倘若只剩下幾天的時間能待在這裡，美世和婆婆對話的機會自然也會變少。

第一天見面的時候，芙由是那樣地排斥自己，再加上她在第二天、也就是昨天的態度——回想起這些，美世的心情和腳步都不自覺變得沉重。

美世總覺得，要讓芙由在剩下的兩三天之內就對自己敞開心房，似乎是不可能的任務。

（不行，我得振作一點。）

仔細想想，她甚至還不曾好好地向芙由打過招呼。就這樣離開的話，自己一定會後悔。

這裡和齋森家不同。體貼他人的溫柔心意確實存在於這個家中。光是從家裡的傭人身上，就能明顯看出這一點。因為沒有任何一個人臉上帶著陰鬱的表情。

所以，一切一定都會順利的。

試著這樣說服自己的同時，美世抵達了芙由的房間外頭。深呼吸一口氣後，她伸手輕敲房門。

「婆婆，我是美世。」

老實說明身分的話，芙由或許不會讓她進房。可是，除此以外，美世不知道還能怎麼做。

意外的是，房門另一頭傳來了「進來」的回應。

「打擾了。」

靜靜踏進房內後，美世震驚地止住呼吸。

躺在床上的芙由，昨天明明還那麼有精神，現在的臉色卻很蒼白，表情也相當消沉。望向美世的那雙淺色眸子，看起來缺乏生氣。

「婆婆，您是不是——」

有哪裡不舒服呢——美世正打算這麼問的時候，芙由開口打斷了她。

「妳來做什麼？」

「那、那個，我……」

「想笑的話，就儘管笑吧。」

在這種狀況下，她會什麼會認為美世想笑呢？

芙由究竟在想些什麼？內心又懷抱著什麼樣的情感？想要理解這些的話，該怎麼做才好？儘管覺得這樣很沒出息，但美世仍只能束手無策地杵在原地。

「我不明白您的意思。現在沒有什麼好笑的事情，所以我笑不出來。」

「用不著裝模作樣了。事情變成現在這樣，妳想必覺得很痛快吧。」

「痛快什麼的……」

這下子，美世終於也察覺到了，芙由恐怕是誤會了什麼。

然而，美世不知道芙由是對什麼事情產生了什麼樣的誤會，也想不到能化解這個誤會的方法。

她鼓起勇氣走近床鋪。這時，隨侍在一旁的苗替美世搬來一張椅子，並簡短表示

「您請坐這裡」。

「婆婆，您是不是有哪裡不舒服呢？」

「是呀，託妳的福。」

面對美世的提問，芙由的回答依舊很冷淡。

「您用過早餐了嗎？」

「沒有。因為妳的臉一直在我的腦海中閃過，讓我覺得很可恨，所以心情也很差。」

「婆婆，您討厭我嗎？」

「沒錯，我全世界最討厭的就是妳。」

聽到芙由直接了當地這麼說，美世感到沮喪起來。

而且，竟然還是全世界最討厭的程度。該怎麼做，才能改變這樣的事實呢？無計可施的她，不禁覺得有些想哭。

「該怎麼做，才能讓您不再討厭我呢？」

沒有比這更愚蠢的提問了。然而，美世想不到其他的辦法。

芙由以鼻子哼了一聲，然後別過頭去。但她的動作看起來比昨天有氣無力許多。

「我從妳的頭頂到腳趾都討厭呢，這可沒有什麼改善的餘地。」

「怎、怎麼會……」

「都是因為妳，害我被老爺斥責了，要是那個人討厭我……」

「咦？」

「總之，妳太礙眼了，快出去。我不舒服的感覺都要變嚴重了。」

看到芙由揮手驅趕自己，美世不由得暗自焦急起來。

問題完全沒有解決。美世只是弄清楚芙由很討厭自己，然後就結束了。確認她討厭自己的事實，或許也是必要的過程，但光是這樣，並不會帶來任何變化、也無法讓她往前進。

她不能白白浪費這個難能可貴的機會。

（就算請求婆婆「可以再跟我多說說話嗎？」或許也沒有用吧……）

更何況，芙由目前身體不適。雖然不至於是沒有意義的對話——但要是美世像這樣一直在她旁邊絮絮叨叨，芙由恐怕完全無法休息吧。

美世拚命思考能讓她繼續留在這個房間裡的方法。

「妳還在磨蹭什麼？我叫妳出去呀。」

芙由的眼神看起來愈來愈憤怒。

得說點什麼才行。然而，即使想說些會讓芙由感興趣的話題，美世也不知道有什麼剛好可以拿出來說的。

真要說起來，她原本就不擅長跟他人對話。

各方面的知識量都不足的美世，懂的詞彙並不多，時常會跟不上話題的進展，也無法即時做出恰當的回應。

年幼時期的她，或許不是這樣的。不過，因為長年以來，美世幾乎都不曾運用過與他人交談的能力，導致她這方面的表現衰退許多。

（對我來說，要用話術來吸引他人的注意，簡直是天方夜譚呢。）

用說的不行的話，就採取其他方式。除了以行動來表示以外，美世沒有其他辦法了。

「婆婆。」

「有事嗎？」

看到芙由露出一臉打從內心感到厭煩的「妳還想做什麼」的表情，美世再次有種要被擊垮的感覺。不過，她勉強撐了下來，然後試著鼓起幹勁。

「您剛才說……還沒用過早餐對吧？」

「我是有這麼說過。等等，妳這樣多管閒事，我只會覺得困擾呢！」

「這不是多管閒事，我去替您端早餐過來。」

就是這個。這樣的話，她雖然照著芙由的命令離開房間，但還可以再回來。

真虧自己能想出這種好點子——美世悄悄在內心這麼自賣自誇。雖然是情急之下脫口而出的發言，但原來人類只要拚命起來，還是可以成功的呢。

然而，芙由的反應並不正面。

「給我適可而止一點。妳到底要讓我不愉快到什麼程度，才會覺得滿足呀！」

「婆婆……」

美世停下準備離開房間的腳步，然後垂下頭。

「還有，也不要再叫我婆婆了。像這樣對長輩說的話不屑一顧，八成就是因為妳是個缺乏教養的野蠻人吧？」

芙由的這番話狠狠刺進美世心中。

她想努力跟芙由培養感情、想努力讓她認同自己。先前，為了成為一名完美的淑女，美世開始學習禮儀教養。她想跟芙由打好關係的想法，就跟這個動機一樣，是個再單純不過的願望。

為了實現這樣的心願，她所採取的行動，原來只是在勉強反感的芙由配合自己、將自己的願望強加在她身上而已嗎？

（我的行動其實既霸道又野蠻嗎？）

迷惘在美世的內心慢慢擴散開來。

這樣可以嗎？自己是個淨是做讓芙由厭惡的事情的討厭鬼嗎？

可是，已經沒有多少時間了。要是就這樣放棄，她恐怕再也不會有跟芙由說話的機會。這樣的話，就不只是美世一個人的問題了。

（老爺一定也……）

芙由所做的一切都是為了清霞，就算這些作為並不讓清霞覺得感激也一樣。

明明存在著親愛之情，卻無法好好對話、甚至對彼此懷抱著敵意的家人，這實在太令人難過了。

（如果能向彼此傳達自己的真心話，或許就能順利進展了呢。）

因為自己被芙由討厭，導致清霞願意面對芙由的可能性也跟著消失——美世想極力避免這樣的事態發生。

說起來，剛決定造訪這間別墅時，清霞的態度也還不會像現在這麼堅決。畢竟，他和美世大可投宿其他旅館，不見得一定要來這裡暫住。這麼想或許太過樂觀了一點，不過，清霞原本或許也有意和芙由好好面對面吧。

但美世的存在，卻破壞了這樣的未來。

（不能再因為我，而讓任何機會消失了。）

現在不是迷惘或猶豫不決的時候。然而，美世害怕芙由會比現在更討厭自己，她害怕再往前踏出一步。

「我……」

就這樣打退堂鼓真的好嗎？因為害怕、膽怯，而任憑自己被當下的情況牽著走。這樣的話，什麼都不會改變啊。

涔涔冷汗滲出，美世緊緊握住自己顫抖的指尖。

「那個……我想再和您……多說些話……」

回過神來的時候，她發現自己吐露出內心真實的想法。

「啊？」

「我希望能跟婆婆……不對，跟夫人變得更熟稔……一點……」

要是能表現得更自然、把話說得更流暢就好了，美世實在很討厭到頭來只能用這種拙稚說法的自己。

這樣的話，她彷彿只是在主張「自己不是芙由所期望的那種聰明伶俐的人」。

（我真的是個笨蛋……）

昨天也是如此。為了讓芙由理解自己的真心，美世非常努力。她以為，若是讓芙由明白自己是懷著什麼樣的想法待在清霞身邊，芙由或許就會願意跟她說話了。

她為什麼想不到呢？

芙由會加倍厭惡她，是理所當然的事情。因為，芙由對美世最不滿的地方，就是打造出她這個人的根基——亦即出身教養。所以，愈是了解美世，她愈是感到排斥。

美世感到鼻子一陣酸楚，視野也跟著模糊起來。

「該怎麼做，才能讓您不再討厭我呢？」

「我說過了吧？沒有改善的餘地。」

芙由的態度依舊完全不留情面。美世腦中雜亂無章的思緒，讓她除了表露出自己的真心以外，想不到任何更好的答案。

「我會再多加油的。為了成為配得上老爺的一名淑女，我會盡自己最大的努力。」

「只是嘴上說說都很簡單。更何況，就算努力，也不見得就能看到成果呀。妳好歹也是出生在異能家系裡，應該很清楚這一點吧？」

「我……是的。」

光是努力也沒有任何意義——最典型的例子，或許就是異能了吧。

倘若不是一出生就具有異能，之後，無論做什麼，都無法得到認同、也不可能成功。更不會被愛。

美世過去便是置身於這般殘酷的世界之中。

「過去是絕對無法改變的。即使空有一片心意，也沒有任何意義。」

「我……」

我不是空有一片心意而已。即使想要這麼開口反駁，美世的喉嚨、舌頭和嘴唇，卻都不願意配合。

她是個極度不成熟的次級品。無論再怎麼努力學習，跟能夠讓人滿意的程度仍有一大段差距。就算無法改變過去，我也會試著讓您對我感到滿意——這種話，她死也無法對芙由說出口。

因為這麼說的話，感覺就真的只是在空口說大話了。

「無論妳做了什麼，我都完全不打算認同妳。想要獲得我的認同，就去把妳出生的家系、父母跟成長環境全都換過一輪再說吧。」

「……」

這句話，是毫不留情地否定、斬斷美世的一切的利刃，也是表現出堅定的拒絕意志的一道高牆。

美世沮喪地離開芙由的房間後，苗追了上來。

「少夫人。」

「我恐怕不會成為少夫人了。」

不對。因為身為當家的清霞所做出的決定不容顛覆，所以美世無疑可以得到「少夫人」這個頭銜。然而，這樣的頭銜沒有任何意義。

儘管一直強忍著想哭的衝動，但此刻，仍有一滴淚水從臉頰滑落。這樣的事實，讓美世很吃驚。

（我……為什麼會流淚？）

自己並沒有受傷。畢竟，待在娘家的時候，她早就聽過更多惡毒的話語了。事到如今，怎麼突然掉眼淚呢？

這時，清霞無奈的嗓音從她腦中閃過。

『拜託妳對痛楚更敏感一點吧……』

對痛楚敏感。

（我……覺得心痛嗎？）

美世將手按上胸口這麼問自己。

她原本以為自己早已習慣了。不過，難道她其實一直很傷心難過，只是沒有察覺到而已？

「少夫人……」

苗擔心的輕喚，讓美世猛然回過神來。

不行，她現在可沒有愣在這裡發呆的閒工夫。

「苗太太。那個……請您像昨天那樣，指示我做一些工作吧。」

「這怎麼可以呢。」

「拜託您。」

美世從芙由的面前逃走了。她找不到解決的方法。這樣的話，她至少希望能做一些自己做得到的工作。

要是連這個都做不到的話，這間別墅裡恐怕就沒有她的容身之處了。

猶豫了片刻後，苗看起來像是舉白旗投降那樣垂下雙眉。

「那麼，今天能請您幫忙打掃和洗衣的工作嗎？」

「好的，我換完衣服後馬上過去。」

美世返回房間，換上昨天的傭人制服。

為了讓自己振作起來，她將一頭長髮紮得比平常更緊，然後繫上用來固定衣袖的束袖帶。

（我沒有感到心痛，因為我沒有受傷。）

她以堅定的語氣這麼說服自己。要是不這麼做，她感覺自己可能會因為全身上下都失去力氣，而在原地癱坐下來。

過去，無論一顆心被撕得多碎，美世都不會掉下眼淚，身體也會自然而然地動起來。但現在，眼前彷彿變得一片黑暗，讓她無法從原地移動半步。

她變得比以前更脆弱了嗎？不對。

（一定是因為現在的我很幸福吧。）

因為已經體會過幸福和溫暖，所以會覺得現在比過去更要辛酸好幾倍。

之後，美世拚命讓自己鼓起幹勁，努力做著苗分配給她的工作。她選擇不去面對內心的傷痛、以及尚未解決的問題，只是一股勁地投入工作。

然而，愈是想試著遺忘，壓在胸口上的那塊大石就愈來愈沉重。

一整天默默地埋首工作的她，在傍晚前往玄關迎接返家的清霞時，果然一下子就被他看出自己低落的心情。

「她又對妳說了什麼嗎？」

「……我不要緊的。」

「妳沒有回答我的問題。」

儘管不想讓清霞擔心，但美世仍沒能成功蒙混過去。

他重重地吐出一口氣。

「……請您不要生氣，聽我說。」

「又要我別生氣？」

美世向清霞一五一十地說明了自己跟芙由今天的往來互動。一如美世的請求，清霞沒有插嘴，默默聽她說到最後。

「美世，我該怎麼做才好？」

聽到清霞這句話，美世猛地抬起頭來。他直直俯瞰著自己的那雙眸子，看起來十分平靜，感覺不到憤怒的情緒。

因為美世請他不要生氣、請他讓自己放手去做。

「老爺……」

想憑自己的力量做點什麼——儘管鼓起幹勁，最後卻落得這副德性。美世覺得這樣的自己很沒出息，也覺得很難為情。

乾脆仰賴清霞吧。這麼做或許無法解決問題，但至少可以避免自己受傷，可以不用遭遇辛酸的事情，因為清霞會保護自己。

（這樣就可以了嗎？真的不會後悔嗎？）

美世並不堅強。即使是這個瞬間，她也好想逃跑。就算逃走了，也沒有任何人會責備她吧。

美世感到卻步。她跟芙由同樣都是人類、都是女性。然而，除此之外，兩人在所有方面都天差地遠，美世很害怕她們或許永遠無法互相理解。

然而，她卻不自覺地搖搖頭，嘴巴也擅自道出答案。

「請您……什麼都不要做。」

「這樣好嗎？」

「我……還可以繼續努力。」

這麼開口後，她又以「可是……」接著往下。

「如果我真的覺得很痛苦、很傷心、不知該如何是好的時候——」

「我會保護妳，想哭就哭出來無所謂，試著努力到讓自己不會後悔的程度吧。」

「是。」

有這個人在身邊，就不會有問題。自己不會像過去那樣，變成沒有心的空洞存在。

所以，再一下下就好。她想再繼續撐一下下。

不知該說是幸或不幸，美世和芙由再次面對面的機會，是在隔天所有人齊聚一堂的早餐時間。

在美世和清霞造訪別墅後，這是芙由第一次在用餐時間現身。

「嗨，My Honey～妳的身體好一點了嗎？」

儘管正清以活潑的語氣向芙由搭話，但後者只是朝他瞥了一眼，沒有回應。

在美世身旁坐下的清霞，看起來沒有任何反應。只有美世一個人緊張得全身僵硬。

「早……早安，婆婆。」

美世試著豁出去開口打招呼後，沉默籠罩了餐桌。

「不是要妳別這麼叫我了嗎？一早就這麼聒噪，真是沒水準。」

聽到她刻薄的回應，美世不禁有些退縮。雖然感到坐立不安，但因為她原本以為芙由會直接無視她，所以反倒覺得安心。

或許是她這樣的想法表現在臉上了吧，芙由嫌棄地皺起眉頭。

「妳在傻笑什麼呀，真讓人不舒服。」

「非、非常抱歉。」

在這之後，沉默再次擴散開來。

儘管很想繼續跟芙由搭話，但回想起昨天的光景，美世就覺得退縮。而男性陣營則是一貫維持著靜觀其變的態度。

能聽到的，就只有盛著餐點的碗盤被放到桌上的聲響。

今天的早餐，是鬆軟的奶油小餐包、香煎培根佐蛋包、清蒸蔬菜沙拉以及蘑菇濃湯，菜色一如往常地豪華。

這個家之所以多半吃西式餐點，似乎是為了配合芙由的喜好。

不過，只有身子不好的正清，每次都吃不一樣的菜色，所以或許只是不得不配合芙由的要求而已。

美世一邊將食物送進口中，一邊偷偷觀察芙由。

（婆婆果然是十分美麗的人呢。）

除了容貌以外，芙由舉手投足的動作和姿態都十分高雅。

對美世來說，芙由的一舉一動或許浮誇了些，但的確是會讓她想當成榜樣的人。

有個能夠讓自己純粹地發自內心稱呼她為婆婆的人物，美世感到相當開心。

所以，即使芙由把她當成過街老鼠那樣嫌惡，她還是無法放棄。

（該怎麼打開話匣子呢……）

繼續這樣下去的話，早餐時間就會在什麼都沒發生的情況下結束了。前往芙由的房間打擾的話，可能會讓她心情更不好；但下次的用餐時間，芙由不見得也會出席。

這樣的話，美世有可能在什麼都來不及做的情況下，就被迫和清霞一起打道回府。

「婆婆。」

怦通、怦通、怦通。自己的心跳聲清晰地傳入耳中。

只是開口呼喚對方，就讓美世緊張到極點。

「妳真的是沒有學習能力呢。到底要我說幾次？別叫我婆婆。」

因為太過緊張，就連芙由的這句話，都沒讓她湧現受傷的感覺。

飯廳裡頭開始醞釀出一股緊繃的氣氛。然而，美世甚至沒有餘力去在意這個。

「請……請問，我晚點可以再到您的房間拜訪嗎？」

「不可以。」

「我有很多事情想向您請教，因為您是一位非常出色的淑女……那個，我也想變得像您一樣，所以……」

「就算這樣巴結我，也沒有用喲。」

雖然美世並沒有打算以拚命巴結的方式，來讓芙由的態度軟化，但後者似乎是這麼想的。

該怎麼做，才能讓芙由明白自己的真心呢？兩人的對話在一瞬間中斷後，一旁的正清以溫和的嗓音用「好啦好啦～」打圓場。

「這不是很好嗎？妳就教教她嘛。」

「老爺，能請您閉嘴嗎？我不想連這種事情都要被人頤指氣使呢。」

芙由毫不留情地回絕了正清的提議。她昨天那副虛弱的模樣，彷彿完全是一場夢。

昨天和芙由對話時，美世依稀記得她說過「不想被老爺討厭……」這類的話。看來，或許是自己聽錯了吧。

「這樣啊，抱歉。」

正清沮喪地垂下雙肩。

「再說下去也只是浪費時間。我先失陪了。」

說著，芙由緩緩放下西式餐具，然後起身。她盤裡還剩下一半左右的早餐。

「啊，請等一下！」

雖然起身想要追上去，但把餐點剩下又很令人愧疚，美世不禁猶豫起來。在這段期間，芙由已經準備離開飯廳。

不過，就在這時候。

飯廳大門被人打開，笹木驚慌失措地衝進來。

◇◇◇

跟剛才不同的緊張氣氛隨即籠罩了現場。

昨天那個傷心不已、眼中還噙著淚水的美世，剛才在餐桌上努力向芙由攀談的模樣，讓清霞莫名有些引以為傲、又有些落寞。

只是在一旁聽著兩人對話，竟然會陷入如此傷感的情緒之中。面對自己這樣的反應，清霞不禁想要苦笑，但現在似乎演變成無法讓他如此放鬆的情況了。

笹木臉色蒼白地衝進飯廳裡，附在正清耳畔說了些什麼後，正清平靜地朝他點了點頭。

「發生什麼事了？」

聽到清霞以冷靜的嗓音這麼問，正清罕見地認真回答：

「村裡似乎發生了什麼騷動，有一名村人跑來別墅求救。」

「我馬上過去。」

清霞從桌前起身，正清也帶著嚴肅的表情跟上。

昨天，清霞也有到農村進行調查和巡邏，但不知是不是時間真的不湊巧，那間廢棄小屋裡依舊看不到半個人，讓他以白跑一趟收場。而且，中央也尚未捎來任何指示。

對俘虜的訊問，也差不多進入瓶頸階段，昨天真的就這樣毫無進展。

然而，要是對方開始有所動作，清霞也必須採取行動才可以。

在走向玄關大廳的路上，他這麼向笹木確認。

「笹木，你有聽對方說具體發生了什麼事嗎？」

「沒有。不過，似乎是早上時發生了什麼……對方有提到惡鬼之類的。」

「惡鬼嗎……」

又來了，真實身分成謎的惡鬼目擊情報。這次究竟又發生了什麼足以引起騷動的事情？

「清霞，你要到村裡去嗎？」

聽到從身後傳來的提問，清霞明確地點了點頭。

「但也要看情況就是。」

「這樣啊。」

「說不定，連這間別墅都會陷入危險的狀態之中。到時候——」

「嗯，如同之前約定好的，你就把防守的任務交給我吧。」

雖然一切都還只是推測，但畢竟對方是個八成和異能脫不了關係的未知組織。無人能推斷他們的下一步會怎麼走。

既然是以軍人的身分造訪此地，清霞就不能以個人情感為優先。

這回，恐怕免不了要藉助正清的力量了。論人品的話，清霞並不相信自己的父親；

但單從異能者這點來看的話，正清的實力不容小覷。

來到玄關大廳後，清霞看到一名村人坐在角落的沙發上。

「那是……」

他對那個背影有印象，應該是村裡的年輕人吧。

對方似乎也發現了朝自己走近的清霞等人，於是慌慌張張地轉過頭來。

「快、快救救我們，軍人先生！」

他果然是清霞前幾天見過的那名第一個看到惡鬼的男人。

「發生什麼事了？」

「惡鬼……惡鬼出現了！我的同伴被牠吃掉了！」

「等等，你先冷靜下來再告訴我。」

將男子的供詞整理過後，大致上的內容是這樣的：

因為對傳聞的不安已經攀升到極限，不顧這名男子和商店店員的勸阻，一群男性村民聚集起來，決定在天亮前去拆了那間廢棄小屋。

——他們以為一大群人前往，就可以解決問題。

然而，出現在那裡的，卻是人高馬大的惡鬼。牠跟男子過去目擊的那個惡鬼有著同樣的外貌。

惡鬼的動作非常敏捷，男性村民們陸陸續續遭到攻擊。惡鬼以尖牙刺穿了他們的身體，然而，被攻擊的男性村民卻沒有明顯的外傷，外表看上去也沒有任何變化。

原來只是騙小孩的把戲——男性村民們不以為然地笑道，但這樣的判斷其實大錯特錯了。

「經過一段時間後，大家開始變得很奇怪，突然開始說一些莫名其妙的話，然後失控暴動！絕對是靈魂被惡鬼吞噬了！」

面對駭人的惡鬼，無法以「反正我們不只一個人」、「反正被咬了也沒變化」這種輕鬆的態度一笑置之的這名男子，拚命地逃到這間別墅來。

「可是，我的腳也在逃跑途中……我或許已經沒救了。」

「冷靜一點，這應該不是靈魂被吞噬。你暫時在這裡休息吧。」

說著，清霞又以「你很努力了」安慰男子。

之前害怕成那副德性的他，現在雖然仍全身打顫，但並沒有陷入恐慌狀態。這名男子想必深愛著自己的村莊吧。

「拜託你了！再這樣下去，村子會——」

男子拚命懇求清霞——然而，他說話的動作卻瞬間靜止下來。

「你怎麼了？」

勁。

「啊……啊啊……嗚啊啊啊啊！」

男子先是痛苦地呻吟，然後又翻白眼，緊緊抱著自己的頭部。樣子看起來明顯不對勁。

清霞忍不住輕輕屏息。

（難道真的被惡鬼吞噬了？）

不對。雖然男子說自己的靈魂被吞噬了，但一般而言，靈魂被吞噬的話，並不會變成他現在這樣。清霞總覺得這跟普通的怪異現象存在著某種根本上的不同。

「現在是什麼情況呀！」

充斥著異常氛圍的玄關大廳。來到這裡的芙由發出尖銳的嗓音，跟在她後方的，則是一臉不安的美世。

「芙由。這裡很危險，妳回房間去吧。」

雖然正清這麼警告，但芙由看起來完全不打算接受他的建議。

「老爺！這是怎麼一回事？請您說明一下！」

她對持續痛苦呻吟的男性村人投以嚴厲的視線。

事情麻煩了——清霞不禁咬牙。

個性高傲、打從骨子裡是個千金大小姐的芙由，不可能認同讓一介農民踏進自家宅邸裡這種事。雖然現在並不是在意這種事的時候。

儘管想立刻動身前往農村，但拋下現在這種情況離開，真的好嗎？正當清霞猶豫著該如何行動時，美世悄悄朝他走近。

「老爺，請問……這是……」

「似乎有村民被惡鬼攻擊了，我現在要馬上過去村落……美世。」

「是。」

抬頭仰望自己的未婚妻，雙眸裡沒有一絲動搖。她像是已經看透一切似地點了點頭。

「請把照顧他的工作交給我，老爺。您趕緊動身前往村子吧。」

啊啊，因為母親的事情而憂心不安的那個她，究竟到哪裡去了呢？現在的美世，竟是如此的可靠。

清霞一瞬間垂下眼簾。

她每一天都在不斷成長，成長到幾乎不再需要清霞守護的程度。總有一天，美世身後會生出一雙巨大的翅膀，而她也會用這雙翅膀飛向自由的世界吧。

（這樣一來，我恐怕就——）

或許，真的如同父親所言。清霞的內心，已經萌生了讓他無法忽略、或是蒙混過去的強烈情感。

可是，現在不是導出結論的時候。

清霞也筆直地回望美世那雙清澈的眸子。

「拜託了……美世，妳千萬不能做出危險的舉動。戰鬥交給父親就行了。」

「是，我不會勉強。老爺，也請您萬分小心。」

以「嗯」回應後，清霞將自己的額頭靠上美世的。

「老……老爺。」

他一定會解決所有的一切，然後速速回到這裡來。在還沒有忘記這溫暖的觸感之前。

「我出發了。」

語畢，清霞轉身，頭也不回地快步走向通往村莊的道路。

◇◇◇

美世目送未婚夫的背影遠離。

她能夠做到的事情並不多，不對，應該說幾乎沒有。當清霞不在身旁時，她也會感到不安。可是，像這樣目送清霞出門，是她的職責。

待大門關上後，美世隨即趕到那名男性村人身旁。

「美世，等一下。隨便靠近很危險。」

已經蹲在男性身旁，檢視他的狀況的正清開口制止。

男子似乎徹底失去了意識。全身癱軟地倒在地上的他，仍不時發出痛苦呻吟聲。

「不靠近他的話，就什麼都無法做了。」

這麼回應正清後，美世毫不猶豫地同樣在男子身旁蹲下，觀察他的臉色。

畢竟美世不是醫生，所以無法判斷男子是哪裡出了狀況。但她知道就這樣繼續讓他躺在地上，並不是妥當的做法。

「總之，先把他移動到其他地方去吧……苗太太，能不能讓這位先生到一樓的空客房休息呢？」

「我馬上去準備。」

「麻煩您了。」

美世這麼拜託在一旁待命的苗。後者向她用力點點頭，接著便開始俐落地對其他傭人下達指示。

接著，美世轉頭望向正清。

「公公，可以用這裡的客房讓他休息嗎？」

「當然可以嘍。」

正清爽快地點頭，並表示自己會負責將男子扛到客房。

不過，有人無法接受這樣的安排。

「你們都給我等一下！」

芙由尖銳又響亮的嗓音在玄關大廳傳開來，原本匆匆忙忙地準備安置男子的眾人，視線全都因此集中到她身上。

「我可不允許讓那個農民待在我們家裡！」

「婆婆……」

「如果他其實是因為什麼流行傳染病，才會暈過去呢？這樣一來的話，這棟房子裡的所有人都會遭殃呢。」

「這個……」

芙由這番話確實也有幾分道理。

美世並不明白這名男子突然昏厥的理由，而正清恐怕也是。要是輕易迎接他入內，很有可能會讓相同的被害災情擴大。

然而，現在並不是為這種事爭執不休的時候。

美世從男子身旁起身，然後正面望向芙由。

「您說的話也很有道理，可是，總不能讓這位先生一直躺在這裡。」

「我說妳！真要說起來，怎麼會是妳在主導現場？妳沒有任何權限，別這樣恣意妄為了！」

氣得橫眉豎目的芙由這樣尖聲怒吼，她看起來就像前天那麼激動。

但美世不能在這個關頭讓步。

「是的，我沒有任何權限。但我跟老爺約好了，我請他把照顧這位先生的工作交給我處理。」

這樣的行動很可能讓這個家陷入危險，對美世而言，問題並不在於這麼做究竟是對是錯。因為她認為，要是被丈夫託付了什麼任務，盡全力完成它，便是妻子的職責。

美世望著視線高度比自己高一些的芙由這麼回應。

昨天，她在沒能多說什麼的狀態下放棄了；但現在，她滿腦子都是該如何說服芙由的想法。

「這麼想照顧他的話，就把他帶去別的地方照顧！這間屋子的女主人可是我呢。」

「但我也是老爺的未婚妻！」

「！」

「讓老爺能毫無牽掛、全心全意地面對自己的工作……是我所能夠做到的、屬於我的職責。我想把這件事做好。」

清霞是異能者，而異能者是被國家當成兵器一般的存在。無論是多麼危險的戰場，只要政府一聲令下，他就得動身。

——為了從旁支撐這樣的他，只要是自己做得到的事，美世什麼都願意做。

這便是她的覺悟，她不會把這個任務讓給任何人。

「芙由，身為一家之主的我，都已經准許了，就到此為止吧。」

「為什麼！我可沒有說錯任何一句話！」

沒錯。守護這個久堂家別墅、以及住在這裡的人們，是芙由的任務。所以她的堅持完全沒有錯。無法接納一名來歷不明的村人，也是理所當然的對應。

美世朝芙由露出微笑。

「是的。所以，一切都由我來負責。婆婆，請您待在房間裡就好。」

聽到美世的發言，芙由圓瞪雙眼。

「什……難道妳打算跟那個男人一起被隔離？」

「如果您這麼要求的話。」

「別、別說傻話了！妳可是女人喲。就算對方是病人，我也不會允許妳跟其他男人兩人獨處！」

「咦？」

這次換美世感到驚訝了。

芙由這番話是什麼意思？是美世誤會了嗎？

「婆婆，您是在擔心我嗎？」

聽到美世有些愣愣地這麼問，芙由的雙頰一下子染上緋紅。

「這、這怎麼可能呀！我只是認為，能夠輕易跟未婚夫以外的男人獨處的輕浮女子，根本不用考慮！」

「啊……」

一如芙由所言，美世剛才的發言，確實欠缺身為淑女應有的分寸。

竟然還誤以為芙由是在擔心自己，真是難為情。

「妳明白就好。」

看到美世沮喪的模樣，芙由以鼻子哼了一聲。

被移到客房之後，沒過多久，男子便徹底昏迷過去。

「情況可能不太妙呢。他的呼吸很淺，心跳也很微弱。」

大致確認過男子的狀況後，表示自己多少有些醫學知識的正清這麼表示。

看著眼前這名身體偶爾會痛苦抽搐的男子，美世所能做的，就只有替他拭去額頭上的汗水。但正清說這樣就足夠了。

「畢竟，不知道原因的話，也無法進行任何處理啊。有妳在旁邊看著的話，一旦發生什麼異變，便能馬上察覺到。光是這樣就已經夠了。」

「可是……」

再這樣下去，男子感覺會有生命危險。

清霞現在想必也在追查原因，然而，無人知道這會花上多久的時間，也無人能保證男子可以撐到那個時候。

如同正清所說，在這段期間，男子的呼吸愈來愈微弱，感覺隨時都有可能停止。

因為不安，美世一直無法將視線從床上移開。正清輕輕拍了拍這樣的她的肩頭。

「美世，妳這樣乾著急也沒用喔。」

「是。」

這麼回答時，某個想法從美世腦中閃過。

拯救這名男子的性命的方法。既然他失去意識，讓美世用異能潛入他的內心世界，從內部做些什麼的話，或許能讓男子清醒過來。

目前，美世仍在持續跟葉月和表哥新學習異能的相關知識、以及驅使的方式。

一般的異能者，自幼便會自然而然地感受、面對自身的異能，因此，要施展異能，就像呼吸那麼簡單。但美世就不是這樣了。必須先從認識自己的異能開始的她，目前仍是修行之身。至今，她身為異能者的相關能力仍不夠純熟。

能夠干涉他人內心世界的異能，是薄刃家特有、同時也非常危險的能力。要是驅使時一個不小心，有可能會輕易破壞一個人的心智。

新曾經嚴格要求美世，要她絕不能憑自己的獨斷而刻意施展異能。新還表示，之前她能夠順利讓昏迷的清霞清醒過來，幾乎等同於奇蹟。

倘若不慎失手，別說是讓這名男子恢復意識了，甚至可能連美世自己都陷入昏迷。

（不行……畢竟失敗時的風險太大了。）

更何況，現在就連正清也不明白原因，再加上男子又提到靈魂被惡鬼吞噬一事，現在使用夢見之力的話，美世也完全無法想像狀況會如何演變。

若是採取實際行動，未免太有勇無謀了。

「不過，如同清霞所說的那樣，被惡鬼吞噬的說法，存在著一些疑點呢。」

正清撫著下巴這麼輕喃——但下一刻，他突然露出吃驚的表情，接著以嚴肅的視線環顧四周。

「有什麼出現了呢。」

「咦？」

不知道他在說什麼的美世好奇地歪過頭。正清「呼」地吐出一口氣，然後朝她露出虛弱的微笑。

「好像……有客人來訪了呢。我出去迎接他們。」

這種時候有訪客？會是誰呢。而且，人在這裡的正清，為什麼會知道這件事？

儘管這樣的疑問湧現，但美世沒有問出口。因為她總覺得正清的樣子不太對勁。

「美世。等清霞解決一切回來，你們返回帝都前，大家一起吃頓好吃的吧。」

「……好的。」

再次輕拍一下美世的肩膀後，正清便離開了房間。

「老爺，您要上哪兒去？」

不知為何，似乎待在房間外頭的芙由的嗓音傳來。

「我有點事。芙由，這麼在意的話，進去房裡看看就好了嘛。」

「什……我才沒有在意呢。」

聽到她這麼回答，正清沒有再多說什麼，只是笑了笑然後走掉。結果芙由帶著一臉不情願的表情，在他離去後踏進房裡。

「妳真的在照顧那個村民？」

「是的。」

回答芙由的問題時，美世的一雙眼睛仍盯著躺在床上的男子。

她並不是在逃避。只是，現在是緊急狀況。不是跟芙由爭執不下、或是感到灰心沮喪的時候。

「為了討好清霞，妳可以做到這種程度？」

芙由的嗓音之中，微微透露出至今未曾有過的迷惘。

「我——」

要是被問到「妳想討好清霞嗎？」美世恐怕無法否定。她一直渴望聽到清霞的稱讚，也希望清霞能發自內心認同她是個適合站在自己身旁的人。

但實際上，美世所採取的行動，也並非全然為了這樣的理由。

「我想幫上老爺的忙，我不想仗著未婚妻的身分一味依賴他。我想從自己做得到的每一件事慢慢做起，然後，在將來的某一天，變得能夠抬頭挺胸、帶著自信站在老爺身邊。」

「……」

「所以，倘若有我能夠做到的事……」

說著，美世輕輕拾起昏迷的男性村人的手。將指腹按上他的手腕後，她發現男子的脈搏變得相當微弱，呼吸也從剛才開始就變得很淺、而且間隔很長。

即使是不懂醫學的外行人，也能看出來男子的生命力正在一點一滴地消逝。

——或許已經沒有多少時間了。

「……妳甚至會不惜賭上自己的性命？」

「是的。為了老爺，我願意賭。」

美世隨即以不帶一絲猶豫的語氣這麼回答芙由。

這一刻，清霞想必正置身於危險的戰場上。為了守護那個農村、以及農村裡的人們。而美世也相信清霞一定做得到。

然而，倘若這名男子在這裡失去了性命，即使清霞最後成功守護了其他的一切，村民們恐怕仍會將憤怒的矛頭指向他身上。

她果然無法眼睜睜看著這樣的事態發展下去。

「……婆婆。」

「幹嘛？」

「我要拯救這個人。」

美世下定決心。雖然這麼做，會違背她跟新的約定，但既然有自己能做的事情，她實在沒辦法繼續維持旁觀的立場。

芙由一臉狐疑地瞅著美世。

「沒有任何力量的妳？要怎麼救？」

「我……有辦法。我要使用異能。」

簡直莫名其妙，妳是在把我當傻子嗎——芙由這麼想而沉下臉的時候，美世終於轉過頭來望向她。

「妳不是沒有異能嗎？」

「是的，以前沒有。不過，即使是這樣的我……也是薄刃家的一員。只要我潛入這個人的意識當中，說不定就能讓他清醒過來了。」

「薄刃……妳說要潛入他的意識——」

「公公剛才也說，如果能讓這個人恢復意識，他的狀態應該多少會比較穩定。憑我的力量的話，一定可以……」

只要美世不失敗就行了。當然，美世比任何人都更清楚自己的技巧還不成熟一事。

「只要不失敗就行了」這種話，她無法輕易說出口。

想到萬一事情進展得不順利時，會演變成什麼樣的後果，令人不適的冷汗便跟著不斷滲出。

這是貨真價實，賭上性命的做法。

「我光聽就覺得很危險呢。」

「是的。老實說，我也覺得這麼做是有勇無謀。畢竟……我的異能才剛覺醒，還很不可靠。」

芙由打開手上的扇子，遮掩自己臉上難以言喻的表情。

「婆婆，您之前說過，就算空有一片心意，也沒有任何意義，對嗎？」

「我是說過。」

「我也這麼覺得。所以，請容我用行動來表示。」

芙由的眉心擠出深深的皺紋。

「我那麼說的意思，可不是要妳去做什麼危險的賭注喲。」

聽到這句著實像是芙由會說的話，美世不禁覺得想笑，甚至幾乎忘了自己接下來就要挑戰不可能的任務一事。

美世很明白，芙由並不是要她即使必須冒生命危險，也得展現出自己的覺悟。因為問題並不在這裡。

（所以，這是我憑自己的意志採取的行動。）

儘管自己一無所有，但她不想停下腳步，裹足不前。

「是的。所以，您不需要有任何責任感，婆婆。」

「……我不是這個意思啦。」

芙由的這句輕喃，還沒來得及傳進美世耳裡，便消失在空氣中。

美世轉身面對床鋪，以顫抖的手指輕輕握住男子的手腕，然後閉上雙眼。

自己閉上的眼睛，或許再也沒有機會睜開了——倘若失敗，就會演變成這樣的結果。美世將再也見不到清霞。再也回不了那個家。

——好可怕。

然而，美世拚命將這份恐懼埋藏至內心深處。

（動搖和猶豫不決的情緒，都會影響異能的發動……我必須冷靜。）

她回想起過去學習的內容。

『聽好嘍。施展異能的時候，必須秉持平常心，不然就無法讓效果穩定。最糟糕的情況下，還可能導致發動失敗。』

『此外，異能愈是強大，失敗時的副作用就愈強烈。妳必須做好可能會有人因此喪命的覺悟。其中，也包括妳自己。』

『老實說，妳上次能夠那麼順利地施展異能，真的只是湊巧罷了。切記不要太高估自己的能力。請妳絕對不要憑自己的獨斷而施展異能。』

表哥的聲音在腦中迴響起來，彷彿像是在責備打破約定的美世似的。

不過，經過學習和訓練後，美世應該已經能夠施展用來處理這種狀況的異能了。在必須使用異能的時候，沒有道理什麼都不做。

不要緊的，一定會順利。

美世開始深呼吸。她讓自己不斷往下沉，潛入那片伸手不見五指、無法分辨上下左右或前後的漆黑世界裡頭。

隨後，在這片黑暗之中，她看見將意識和意識串連在一起的、宛如一條細絲的模糊界線。

只要跨越那條細絲，美世就會踏入其他人的內心世界。

她對彷彿沒有實體、感覺輕飄飄的身體使力。嚥下一口口水後，美世往前方踏出一步——

（咦？）

美世的身體急速從意識的世界中浮起，然後被拉回現實世界。還差一點就能夠碰觸到的界線的另一頭，現在不斷遠去。

五官的知覺之中，最先恢復正常的聽覺，接收到一個她熟悉的嗓音。

「美世，快住手！」

「……咦？」

待所有的感官知覺都恢復後，肉體沉甸甸的感覺也跟著湧現。涔涔冷汗從肌膚表面滲出。

現在，美世的身體被一名健壯的男性摟在懷裡。出現在眼前的，是她的表哥薄刃新秀麗的一張臉孔。

「妳到底在做什麼啊！為什麼沒有遵守跟我之間的約定呢！」

新勃然大怒地開口。總是帶著柔和笑容的這張臉，現在因為強烈的怒氣而扭曲。這是自己第一次看到這樣的他——

腦子裡像是被一片霧氣籠罩的美世，茫然思考著這類無關緊要的事情。

「新先生，您怎麼會在這裡？」

「這種事情怎麼樣都無所謂。我現在非常生妳的氣，我明明再三交代妳不要隨意施展能力了。」

緩緩抬起被新的手臂支撐著的身體後，一陣強烈的暈眩感朝美世襲來。

儘管頭痛欲裂，她仍感到相當疑惑。

面對不知為何出現在這裡的她的表哥，芙由看起來同樣感到困惑。

在半開的房門外頭，以苗為首的傭人們，也帶著一臉完全不知該如何是好的表情杵在原地。

「美世，妳有在聽嗎？」

「啊……有……有的。」

總之，美世先回以肯定的答案。接著，新無奈地嘆了一口氣。

「幸好我有趕上呢。真是的，就是因為這樣，堯人大人才會指派我過來嗎？」

「咦？」

「我是奉堯人大人的指示而來到這裡。雖然我也不明白他的用意就是了。」

原本配合美世跪在地上的新起身，同時也將她拉起來。

他微捲的淺褐色髮絲罕見地有些蓬亂。不知是不是美世多心，就連新身上穿的西裝和外套，看起來都有些陳舊。他或許是在十萬火急的狀態下趕過來的吧。

美世勉強站穩無力的腳步，免去了跌倒的下場。

「你到底是何方神聖呀？這樣擅自闖進別人家裡。」

芙由僵硬的嗓音從新的身後傳來。美世將視線移向芙由所在的方向，發現她正以一雙高度警戒的眸子瞅著新。

不過，面對芙由足以貫穿可疑人物的犀利視線，新完全不為所動，只是泰然自若朝她展露平常那種頗富親和力的笑容。

「您好，初次見面，我叫做薄刃新。我的表妹美世受您照顧了。」

「你說你姓薄刃？」

「是的。」

在新回以肯定的答案後，芙由的臉色看起來愈來愈蒼白。

「為什麼……」

在先前那件事發生後，薄刃家和美世關係非常密切，她也因此壓根忘了那其實是個普遍受到人們畏懼的家系。看在其他人眼裡，能夠操控人心的異能者，只會讓人感到恐懼和詭異而已。

在美世報出自己薄刃的姓氏時，似乎還沒有什麼真實感的芙由，現在面對這名看起來絕非凡庸之輩的薄刃家下一任當家，臉上滿是藏不住的動搖。

「不為什麼啊。一如剛才所說的，我只是奉堯人大人之命前來此處。不過，關於擅闖私人住宅這點，我沒有什麼好為自己辯解的。真是非常抱歉。」

看到新意外坦率地開口道歉，態度又相當誠懇，就連芙由都不禁有些愣住。

原本怒瞪著這名可疑分子的她，現在露出一臉茫然的表情。

「什……啊，嗯……是嗎？」

「這樣嗎？太好了！謝謝您原諒我。」

「咦！」

「怎麼了嗎？」

芙由可完全沒說自己願意原諒他。然而，新的笑容散發出來的氣勢、以及自己方才已經接受他的道歉一事，似乎讓她無法擺出太強勢的態度。

不愧是任職於貿易公司的協商者，竟然能一瞬間籠絡那個芙由。

正當美世暗自感到佩服時，新的注意力再次回到她的身上。

「那麼，美世。關於擅自施展異能的行為，妳有什麼想要辯解的嗎？」

「沒有。對不起。」

美世並沒有對自己採取的這個行動感到後悔，不過，就算試圖辯解，她也沒自信能讓新接納自己的想法。

看到美世垂下雙肩、默默盯著自己的指尖的反應，新吐出一口氣，放鬆原本繃緊的身子。

「說教就晚點再說好了。現在，得先想辦法解決眼前的問題才行。」

說著，他將視線移往臥床男子所在的方向。

「美世，妳想拯救這個人，是嗎？」

「是的。」

新露出一臉「真拿妳沒辦法」的笑容。

這麼說來，正清剛才提到的訪客，難道就是指新嗎？如果是這樣的話，他怎麼到現在還沒回來？

雖然感到不解，美世還是選擇將注意力放在跟新的對話上。

「要是讓他就這樣死在這裡，我也會覺得內疚呢。我就陪妳一下吧。美世，準備發動異能。」

「好、好的！」

美世壓根沒想到新會准許她再次使用異能，因此相當驚訝，但還是用力朝他點點頭。

「——妳還打算繼續下去？」

聽到芙由輕聲道出的疑問，美世轉頭望向她。

「是的。」

「為什麼？」

「婆婆……」

芙由內心存在著對美世的誤解。雖然無法推斷出那是什麼樣的誤解，但自己所說出來的每一字每一句，恐怕都無法以原本的意思傳達給芙由。

美世迷惘了那麼一瞬間。

「一直到前一陣子，我都還是放棄了一切的狀態。」

美世道出的這句話，帶著幾分落寞的情感。

自己一無所有，無法得到任何東西。這樣的人生，要是能早點結束就好了。

沒有夢想和希望的她，只有在思考死亡的時候，才能獲得內心的平靜。比起苟且偷生，她更想墜入地獄。她一心渴望自己的生命走到盡頭。

可是……

「可是，老爺給了這樣的我一顆心。只剩一具空殼的我，從他那裡得到了好多溫暖的東西……」

美世的靈魂被撕得粉碎而散落一地，儘管如此，她卻連收拾的力氣都半點不剩。是清霞滋潤、填滿了她空洞而乾涸的心。

因此，現在站在這裡的，是吸收了清霞所給予的一切而重生的她。在此刻放棄，就等於是捨棄清霞贈予的寶物。

「所以，就算我自己、以及我的過去不夠完美……我不想連現在的自己能夠做到的事、所擁有的東西都視而不見，或是輕易將它們放棄。」

「妳知道自己現在是什麼樣的狀態嗎？」

因為施展了不熟悉的異能，美世的身體狀況開始出現異常。嚴重的頭痛和暈眩感。身體使不上力氣，也無法站穩腳步。除了有點反胃以外，還不停地冒冷汗。

老實說，現在的她，連站著都很勉強。

自己的氣色看起來想必很糟糕吧，因此，就算是芙由，也不禁感到不安。

「我……知道。」

看到美世勉強堆出笑容這麼回應，芙由沉默下來。

「美世，這名男子到底為什麼會陷入這樣的狀態？」

「啊，是。我也只是從一旁聽說的——」

附近的農村似乎遭到惡鬼攻擊。此外，這名男子還表示自己的靈魂可能被惡鬼吞噬了。

儘管試著向新說明，但這兩個情報，美世都只是稍有耳聞的程度而已。就算新追問詳細的情況，她也答不上來。

再加上芙由也沒有明確把握現況，而清霞和正清又不在這裡。新只能憑藉這些不夠完整的資訊，想辦法做些什麼。

「感覺完全摸不著頭緒呢。」

「……對不起。」

能力不足的自己，讓美世感到很羞愧。

在村民們提供相關情報時，要是她有更注意聽就好了。要是自己驅使異能的技巧更純熟、是個可靠的異能者的話……美世無法不這樣想像。

這時，新露出柔和的笑容，加強攙扶美世的力道。

「妳不需要道歉啦。畢竟任務都會伴隨保密義務，我也能明白久堂少校不想輕易讓妳捲入危險之中的心情。」

「是。」

看到美世點點頭，新以「話說回來」繼續往下說。

「的確，說是靈魂被惡鬼吞噬的話，他的模樣看起來似乎不太自然。靈魂被奪走的話，肉體會完全變成一具空殼。但他看起來更像是——」

◇◇◇

離開別墅後，清霞快步趕往關鍵的那間廢棄小屋。

在途中行經農村時，他發現村裡果然出現了規模不小的騷動。像暈倒在別墅裡的男子那樣，有好幾名男性村人也陷入昏迷狀態。陪伴在他們身邊的親人，臉上寫滿了擔憂與不安。

（看起來情況真的不太妙。）

根據清霞本人的推測，這些男子跟被惡鬼吞噬了靈魂的狀況不太一樣。

他們恐怕不是靈魂被吞噬，而是遭到什麼東西附身了。然而，看上去卻又不是徹底被附身的狀態。要不然，男子們的肉體此刻早已被惡鬼占據了。

（要說的話，或許是勉強被植入了惡鬼的一部分……）

即使是異形，同樣也是生命體。倘若是會危害人類的存在，就必須加以剷除，但也不能恣意玩弄牠們的生命。然而──

（那個叫做異能心教的團體，卻做出了這樣的事情。）

將分割成小塊的惡鬼靈魂、或是血肉的一部分植入人類體內，打造出不算完全、小規模的附身狀態。

這些男子之所以會失去意識，是因為他們的肉體產生了排斥反應。

這是清霞針對那名男性俘虜進行身體檢查後，推估出來的結論。

那名俘虜的體內，也感覺得到惡鬼的氣息。

（不過，這麼做有何意義？）

這麼思考的同時，清霞抵達了那間廢棄小屋附近。

「請你不要再靠近這裡一步。」

前方突然傳來一個低沉的嗓音。將地上的落葉踩得沙沙作響而現身的，是一名披著黑色披風的人物。

當然，清霞也已經知道小屋裡有人，所以並不感到驚訝。但他仍微微挑眉。

「是嗎？你就是負責統帥出現在這裡的異能心教成員的人物啊。」

「哦……你怎麼知道？」

看來，眼前這個人就是領導人沒錯。

清霞平靜地進入備戰狀態，同時回答對方的提問。

「你跟我過去在這裡抓到的那個男人不同，你是真正的異能者。」

從嗓音和體格來判斷的話，這個披風人應該是男性。此外，他身上也散發出清霞熟悉不已的、異能者特有的獨特氛圍。

不同於自己先前逮到的那名男子，此人並不是濫竽充數的異能者。

「真虧你能看穿這一點，不愧是對異特務小隊的隊長久堂清霞。」

「意思是，你也掌握到我們這邊的情報了嗎？」

到這裡，都還在清霞的預料範圍之內。畢竟敵方早已在別墅外頭徘徊一段時日，這也是理所當然的結果。

披風男將一隻手往前方舉起。下一刻，地表突然出現一片泥濘，這想必就是他的異能吧。

「可以的話，我希望能在和平的狀況下請你離開呢，少校大人。」

「我拒絕。」

清霞必須在這裡逮捕這名男子，讓他招供跟異能心教、以及這次的事件相關的情報。

在男子輕喃一聲「實為遺憾」之後，泥濘的地面又開始增加水分，最後形成宛如沼澤的區域。

（操控土象……不，是操控水象的異能嗎？）

繼續按兵不動的話，清霞的雙腳便會陷入沼澤之中。他隨即透過念力來支配腳下的地面。清霞的異能威力遠在對方之上，因此，這片戰場的支配權由他掌握。

清霞吐出一口氣，原本變得泥濘的地面，在發出清脆的聲響後徹底凍結。

「能夠操控火焰、讓雷電隨心所欲地降下……甚至還能讓水結冰嗎？哈哈，感覺沒有勝算啊。久堂家當家果然不是空有虛名而已。」

「若你也是出身異能家系的人物，應該很清楚對久堂家出手的話，最後會落得什麼樣的下場才是。」

清霞這番話說得傲慢，但同時也是千真萬確的事實。

久堂家之所以能站在異能者家系的頂點，完全是基於實力。無論出動多少人，都不可能對久堂家當家造成威脅，一旦與久堂家為敵，敗北的結果不言而喻。

唯一可能有勝算的，就只有薄刃家的異能者。正因如此，辰石家過去也極度渴望得到繼承了薄刃家血脈的美世。久堂家的存在，便是這般屹立不搖。

「這我當然明白。不過，一切都是祖師的意志。」

「祖師？」

是指異能心教的教主嗎？看來，這名男子果然也是受某人的指示而採取行動的教團成員之一。

以頭巾掩藏住臉上表情的男子，敞開雙臂這麼開口。

「異能是極為美好的力量。但現在，因為科學這種東西出現，異能相關的事物開始遭到排擠。少校大人，站在異能者頂點的你，應該也會為這樣的現狀感到憂心吧？」

「是啊。我認為，就算擁有這種想法的異能者出現，恐怕也不足為奇。」

異能的確是一種非常優秀的力量。所謂的異能者，甚至可以說是一般人這種種族之中較為高階的存在。

但就算這樣，清霞等人的肉體，並不會因此超越人類的極限。就算因為自身擁有異能，而處處占上風、傲慢地以為自己更高人一等，只要擁有人類的肉體，便不可能成為更高階的生物。

倘若異能就這樣逐漸式微，想必也是上天的安排。

「祖師打算開創一個全新的世界。一個讓所有人類都可能獲得異能的世界。」

「……」

「在這個世界裡，凡是渴望力量之人，都能夠踏上成為異能者的道路。只要心懷渴望，每個人都可以進化成異能者這樣的高階存在——一個真正平等的世界。」

真是愚蠢。清霞這麼想。

這樣真的就能打造出一個平等的世界嗎？不，就算這麼做，也只會再次讓新的不平等出現而已，這是個毫無內涵可言的空洞理想。

「現在，吾等正準備在這塊土地上，踏出邁向理想世界的第一步。一切都如同祖師所願。」

「為此，甚至不惜把無辜的老百姓捲入？」

「追求變革的話，多少都會伴隨一些犧牲。維新革命時亦是如此。」

儘管是事實，男子這番理論卻令人完全不想認同。

現在，能確定的是，為了理想的世界之類的目標，異能心教利用了村莊和村人。說穿了，被稱為祖師的人物，把這個村子當成了實驗對象。

「久堂清霞。若你也為了異能者的未來憂心，就應當加入吾等的教團，接受吾等祖師──甘水直大人的思想吧。」

這是個清霞不曾聽聞過的名字。雖然十之八九是異能者，但在清霞的記憶中，不存在姓甘水的家系。

為了避免忘記，清霞將這個名字深深烙印在腦中。

接著，他強行結束了這段令人不快的對話。

「擁有異能，卻選擇與帝國為敵，這毋庸置疑是重罪。你做好覺悟了嗎？」

「唔。果然如祖師所言，我們終究還是無法理解、接納彼此啊。不過……既然我已經順利完成『讓你明白祖師的意志』這個任務，現在就先行告退吧。」

說著，男性異能者輕輕舉起手，一股難以言喻的、令人不快的氣息跟著靠近。

腳下傳來地盤震動的聲響。在一陣足以震破耳膜的長嘯之後，朝這裡迅速逼近的，是披著披風、體型壯碩的──惡鬼。

不，不對。

（那是被惡鬼的本體附身的人類吧。）

這想必就是惡鬼目擊情報的真相了。

牠的額頭上生著兩支又粗又長的乳白色尖角，口中尖銳的獠牙也若隱若現。雖然有著難以跟人類聯想在一起的巨大身軀，但牠原本絕對是人類錯不了。儘管如此，看起來雙眼失焦的牠，恐怕並非保有正常精神的狀態。

在村子裡失去意識的男性村民，被植入他們體內的惡鬼的一部分，八成也來自眼前這名惡鬼身上吧。那些男人也被強行賦予了牠的力量。

「在研究的最後，我們得出了一個結論。」

男性異能者這麼開口。

「異形是有利用價值的。不管是力量、靈魂或是肉體……只要把牠們的一部分植入人類體內，讓牠們附在人類身上，就能讓凡人也擁有異能！來，上吧！給無法理解吾等崇高思想的俗人一點顏色瞧瞧！」

宛如野獸的猙獰咆哮聲、以及令人不快的磨牙聲，讓人不禁想掩起耳朵。

徹底被惡鬼附身的這個高壯身軀，一邊摺倒周遭的樹木，一邊以驚人的速度衝過來。看起來已經不剩半點屬於人類的理性。

清霞以輕快的動作，閃開朝自己暴衝過來的巨大身軀，再以念力剝奪牠的行動力。

然而，對方企圖以惡鬼強大無比的蠻力，強行突破清霞的異能束縛。

（果然不如對付異能者那麼輕鬆啊。）

清霞加強異能的威力，同時讓惡鬼的壯碩身軀浮空，再用力衝撞附近的樹幹。

樹木在發出一陣沉重聲響後折斷。惡鬼無力地摔落地面後，一動也不動。

（那個男人……逃走了嗎？）

看樣子，男性異能者似乎是指示被惡鬼附身的男子絆住清霞，自己則是一溜煙逃掉了。

清霞嘆了一口氣，朝趴倒在地面的巨大身軀走近，將封魔符咒貼在牠身上。

這樣一來，就能暫時封印住惡鬼的力量，被植入惡鬼一部分的這名男性村人，之後應該也會恢復意識。

接著，清霞從原地起身，準備返回別墅。

◇◇◇

另一方面，在從農村通往久堂家別墅的路上，正清正在跟幾名披風人對峙。

「哎呀呀……」

感受到有人靠近自宅後，正清走出來察看情況，結果發現這群稀客。

因為兒子的請託，他扛下了守護這間別墅的任務。不過，久違地站上戰場的他，實在為自己的身體狀況感到不安。

和正清對峙的披風人一共有三名，而且全都散發著一股不尋常的氣息。

「你們……就是清霞所說的冒牌異能者，對吧？」

人為加工而成的異能者。在異能者的漫長歷史當中，這類研究其實並非完全不曾出現過。

然而，異能原本就是人類無法完全駕馭的力量。打從出生之後，肉體便因為異能而變得衰弱的正清，早已用自己的身體實際體會過這一點。

「說穿了，異能者也不過是被上天賜予異能的普通人類罷了。」

為了自身的欲望，而恣意扭曲這樣的能力，簡直是不知天高地厚的行為。

以人為操作刻意打造出異能者。就算一開始看似進行得很順利，最後以失敗收場，才是世間的常理。

「那麼，你們的目的是什麼呢？把俘虜救回去、或是攻擊我們家……」

沒有半個人回答正清的提問。

為了牽制而緊盯著彼此的時間繼續著。

率先打破這個膠著狀態的，是披風三人組。他們同時將一隻手高高舉起，接著，看似小型龍捲風的漩渦出現，將土沙、葉片和異能火焰捲入後，形成了一個更為巨大的漩渦。

看到這一幕的正清雙眼散發出光芒。

「好厲害喔，操作的技巧看起來很不錯呢。不過，要是你們以為用這點技倆，就能摧毀我們家的話，就未免太過天真膚淺嘍。」

久違的戰場、以及亢奮感，感覺內心正在沸騰的正清，此刻露出滿面笑容。

這是多麼單純又令人憐愛呢。以為只要得到異能，就能夠與久堂家為敵。這種事情明明不可能發生啊。

三名冒牌貨異能者打造出來的漩渦，現在朝著正清撲過來。

要是這樣直接被漩渦撞上，正清可無法全身而退。土沙和枝葉會劃破他的皮膚、火焰會吞噬他的身體，高速打轉的旋風，則會將他絞成碎片。

儘管明白這一點，正清仍選擇正面迎擊這個漩渦。

（嗯，偶爾參加戰鬥，感覺也不賴呢。）

在兒子清霞從大學畢業後，他幾乎是在同一時間讓出當家的寶座，然後來到這塊土地過著隱居生活。那時，正清的身體狀況已經瀕臨極限，因此沒有其他選擇，不過，他從最前線退下，實為相當可惜的一件事。

連手指都不需要動一下，正清便在一瞬間讓眼前的漩渦蒸發。

「想對我們動手的話，可不能用這種騙小孩的技倆喔，你們還是回去好好修行一番再來吧。」

正清盡可能以平靜的語氣這麼說，然後發動自己的異能。

伴隨著一陣細微的滋滋聲，從地面流竄出去的電流，迅速捕捉到三名斗篷人。束手無策的三人就這樣觸電倒地。

「真希望你們是更有骨氣的對手呢。」

連熱身運動都算不上的這場戰鬥，讓正清沮喪地垂下雙肩。

如果只是這種程度的威脅，在清霞為了任務而來到這裡之前，他或許自己出面解決就行了。

「算了，這也是沒辦法的。」

這麼自言自語後，正清上前檢視三名異能心教的信徒的狀況。

卸下他們身上的披風後，正清發現三人之中，有兩人是女性。其中一人看起來二十歲上下、另一人則是四十來歲。最後剩下的那名男子，看起來也是二十多歲的年輕人。

「這三個人的肉體感覺沒有共通點，難道信徒分布的年齡層沒有特徵可循嗎？要是他們受到廣泛年齡層信仰，倒也是一個問題呢。」

更進一步確認時，正清從四十多歲的女性懷裡發現了一個裝著少量紅色液體的小瓶子。

——這想必就是惡鬼的血液了。

看到這個東西，正清也反射性地皺起眉頭。

「消滅、殺害的異形多到數不清的我，或許沒資格說這種話……不過，你們做的事情還真過分呢。」

不是為了求生，而是為了滿足自身想得到異能的欲望，恣意玩弄其他生命。這實在不是什麼讓人聽了會心情舒坦的事情。

不過，能在這場戰鬥中取得物證，可說是相當幸運。

倘若可以趁這次的事件，將異能心教的相關人物一網打盡的話，就是再理想不過的結局了；然而，要是事情進行得不順利，他們可能會變得更棘手。

將小瓶子塞進懷裡後，正清沉思了片刻……然後放棄思考。

（今後，就沒有我上場的份了吧。）

他已經退休了，接下來的工作交給清霞就好。

自己的兒子，現在成長為一名優秀又可靠的青年。既不像正清這般身體虛弱，能力方面也無可挑剔。

唯一讓正清擔心的，只剩他遲遲沒有結婚這件事。不過，這個問題也會在近期內解決。

「我真是個幸福的人呢……咳咳！」

輕咳幾聲後，正清動手將三名信徒綁起來。

第六章　待春天來臨後

美世懷著一顆忐忑不安的心站在玄關。

在清霞一早離開家門後，已經過了好一段時間。雖說目的地是村落邊境的偏遠地帶，但他未免也花太多時間了。美世的心情實在無法平靜下來。

「老爺……」

「妳不需要擔心成這樣啦，久堂少校不會有事的。」

儘管一旁的新苦笑著這麼說，美世內心的不安仍沒有因此消弭。

先前說要出去迎接客人的正清，就在剛才返家了。然而，他不但拖著三名披著黑色披風的可疑分子回來，還說這間別墅的地下室同樣收容了一名俘虜，在屋子裡引發了一場不小的騷動。

雖然知道村子裡發生了神祕的詭異事件，但美世完全沒聽說有來路不明的可疑教團和異能者牽涉其中，因此陷入了一頭霧水的狀況。

「我很清楚這是個危險的任務，但……沒想到敵人也是異能者。」

「呃，美世，他可是久堂少校喔。比起異形，對付異能者，他應該會更遊刃有餘吧。再說，先前企圖挑戰更危險的任務的人，可是妳喔。」

「是……」

美世的雙眉因為罪惡感而彎成八字狀。

為了拯救昏迷的男性村人，她擅自使用了異能。基於平日修練的成果、再加上新從旁協助，儘管身體不適，美世仍順利讓男性村人清醒過來；然而，她這樣的做法，要是有個閃失，便會讓自己邁向死亡，也是不爭的事實。

施展異能後引起的身體不適感，只是暫時性的。美世現在已經完全恢復精神。可以的話，她實在不想向清霞報告這件事，但瞞著他恐怕也不是上策。

「美世，辛苦妳了。」

這麼朝她搭話的，是把另外抓到的俘虜關進地下室後返回玄關大廳的正清。

「公公，您辛苦了。」

「嗯。噢，你就是那個鶴木貿易的第二代——薄刃家繼承人的薄刃新對吧？」

聽到正清這麼問，新恭敬地向他鞠躬致意。

「您好，初次見面，我是薄刃新。」

「哎呀，你現在可以直接用薄刃這個姓氏自我介紹了嗎？」

「是的。基於堯人大人的考量，薄刃家決定慢慢修正過去封閉的作風。」

「這樣啊，這是件好事呢。」

兩人的對話至此中斷。聽著他們對話的同時，一雙眼睛仍緊盯著農村所在的方向、痴痴等待清霞現身的美世，此時忍不住「啊」地驚呼一聲。

「老爺！」

在落葉滿布的道路上，遠遠可以看見大步大步朝別墅走來的清霞的身影。他看起來沒有受傷，但好像用手拖拉著某個巨大的物體前進。

「？」

「那是什麼呢？」

站在美世身旁遠眺著清霞身影的新，也露出不解的表情。

她無法繼續站在這裡等待了。

回過神來的時候，美世已經不自覺拔腿衝了出去。

「老爺！」

聽到她的呼喚，原本低著頭前進的清霞吃驚地抬起頭。

「美世。」

「老爺，歡迎回來，您沒事真的是太好了……」

美世忘我地朝清霞奔去，撲進他的懷裡，以自己的身體確認未婚夫溫暖的體溫和心跳。

清霞也伸出強而有力的臂膀攬住這樣的她的身體。

「我回來了。讓妳擔心了啊，抱歉。」

事到如今，恐懼才突然從美世的內心湧現。整個人放鬆下來之後，她感覺眼眶一陣溫熱。

儘管表現得很堅強，但她其實一直都很害怕。無論是對他人施展自己還不純熟的異能、或是看著清霞投身危險的戰場，都讓美世懼怕不已。

只要走錯一步，感覺自己彷彿就會失去一切。

「只、只要……您……沒事……」

就好——原本打算這麼接下去，但因為哽咽而震顫的喉頭，讓美世說不出話。

不過，溫柔的他仍能明白這一切。

「沒有發生任何危險的事，所以別哭了。」

伸手輕柔地拍了拍美世的背之後，下個瞬間，清霞壓低嗓音——不，應該說是以宛如來自地底那般深沉的嗓音開口。

「那麼，你為什麼會在這裡，薄刃新？」

新帶著一臉從容的笑容走到美世身後。

「啊哈哈，都是因為你呢。堯人大人親自下旨，要我來這裡一趟。」

「你說堯人大人？這樣啊。」

「話說回來，你手上抓著的東西是？這頭獵物還挺大的嘛，你剛才去打獵了嗎？」

聽到新的這句話，美世才終於回過神來。她將視線緩緩往下移，在看清楚被清霞抓著拖行的物體後，瞬間往後方退開。

「這、這……咦……是……人類？」

那是個披著黑色披風、體型高壯的男子。他跟清霞的體格差異，甚至比大人跟小孩的感覺還要誇張。但拖著他的身體行走的清霞，卻大氣不曾喘過一口。

「要說打獵的話，或許確實是如此吧。因為這就是我此行的任務目的。」

清霞毫不費力地放開被他拖行在後方的那個巨大身軀，高壯男子的身體發出一陣沉重的碰撞聲而倒地。

高壯男子的額頭上，有著曾經是一對尖角的兩個突起處，尖銳的牙齒也在嘴角若隱若現。

不過，這名男子真的是個彪形大漢。他結實的手掌，幾乎巨大到可以將美世的頭顱一把捏碎的程度。跟這種高壯的惡鬼戰鬥的清霞，要是有個閃失——想到這裡，美世不禁感到一股寒意。

「看起來果然是被惡鬼附身了呢。」

「我暫時用封魔符咒封印住他體內的惡鬼，之前那個村人怎麼樣了？」

跟新對看了一眼之後，美世選擇據實以告。

「那個……我透過異能讓他恢復意識了。」

「什麼？」

清霞的眼神隨即變得犀利起來。

看到他的反應，美世害怕得差點「噫！」地尖叫出聲。不過，雖然有點支支吾吾，但她還是努力說明事情經過。

「因為，如、如果不想辦法讓那個人清醒過來，他感覺就會衰弱至死……所以……我……」

「妳是為了讓他的狀態穩定下來，才施展異能？」

「是……是的。」

美世勉強點點頭。下個瞬間，清霞以幾乎令她發疼的強大力道，緊緊將她擁入懷中。

「抱歉，都是因為我把這個問題留給妳……拜託妳別再做出危險的舉動了。」

清霞聽來虛弱的嗓音，讓美世胸口一緊。

她並沒有對自己先前的行動感到後悔，不過，看到清霞擔心成這樣，她不禁覺得自己果然做了傻事。

「對不起。」

「不，沒關係。謝謝妳這麼做。」

依偎在清霞懷裡的美世輕輕點了點頭。

正當兩人沉浸在這股有些溫馨的氣氛之中時，一個脫力的抗議聲傳來。

「我說啊～你們兩個要在外頭待多久？我都要感冒了呢。」

清霞看似不太情願地鬆開手，美世的身體也終於重獲自由。外頭的空氣雖然偏冷，但不知為何，她總覺得全身發燙到幾乎冒汗的程度。

（真難為情……）

他們又在眾目睽睽之下做出這種事了。

「真不錯～就算是這麼寒冷的天氣，年輕人也能打得很火熱呢。哈啾！咳咳！嗚嗚～～好冷喔～～」

正清啊哈哈地笑了幾聲，然後開始咳嗽打噴嚏。

該怎麼說呢……他這樣是在拐彎抹角挖苦人嗎？

美世感受到清霞明顯不悅的心情。

「你趕快回屋子裡休息不就得了?就是因為懷著在一旁看好戲的心情,才會變成這樣。」

「哈哈哈。這麼有意思的光景,怎麼可以不多看幾眼就離開呢,少校?」

「連你也這樣嗎?」

就這樣,四人在一片和諧的氛圍下走回別墅裡。

◇◇◇

清霞所使用的房間,位於久堂家別墅的二樓,房內還有一個鋪設磁磚地板的對外陽台。在夜深人靜的此刻,有兩個人影倚在月光灑落的陽台扶手上。

這兩個人影,分別是從一大早就和教團信徒對峙、接下來又忙著處理後續事宜的清霞,以及主要負責前往農村、安撫陷入混亂的居民的新。

忙進忙出的他們,終於能坐下來好好喘口氣時,已經是這個時間了。

之後,不知是誰先道出「來喝一杯吧」的提議,現在,兩人的手中都捧著注入那款當地特產清酒的酒杯。

明明即將邁入冬季，這個夜晚卻莫名地不太寒冷。平常總是水火不容的兩人，因為恰到好處的疲憊和微醺感，現在呈現十分和平的狀態。

「原來如此，這確實需要回去報告呢。」

清霞向一旁的新重新說明了整起事件的來龍去脈。

一切都是導因於異能心教的行動。他們把這一帶的地區當成實驗對象，進行將異形附在村人身上、藉此讓他們擁有異能的實驗。

那名男性異能者曾說，讓清霞理解祖師的考量，便是他的職責所在。雖然只是憑空推測，但對方會選在這塊土地上進行實驗、同時還對久堂家出手，或許都是為了達到這個目的。

不過，倘若真是如此，「祖師為何要將自身的目的告訴清霞」這個新的疑問也會隨之湧現。

總之，一連串的怪異現象、以及可疑人物的目擊情報，想必都只是這件事的一小部分而已。

明天，帝都就會派遣調查人員過來。只要更深入調查，應該就能獲得更詳細的情報。

「嗯……帝都那邊有什麼動向嗎？」

聽到清霞這麼問，新面帶笑容地回應。

「對異特務小隊也為了討伐異能心教而出動了呢。畢竟政府也不是傻子，好像已經鎖定幾個他們可能藏身的地點了。」

這次的事情，再次將政府逼入困境之中。要是放任這樣的事態持續下去，異能心教恐怕將成為足以動搖帝國的巨大威脅。

無論實際情況為何，祖師「無關出身高低，人人都能夠得到超越人類智慧的力量」這樣的主張，看在眾多人眼裡，無疑是相當具有魅力的。

「來這裡之前，我跟五道先生開會討論過。根據他的說法，面對會驅使異能的異能心教，高層很看好對異特務小隊這個能和他們相抗衡的存在。所以，你也早點返回帝都比較妥當喔，少校。」

「說得也是。」

還有五道在的話，帝都應該不至於發生太誇張的事情；不過，要是隊長本人一直沒在值勤所現身，也會影響到小隊的士氣。

不用新刻意提醒，清霞也打算明天就返回帝都，他也已經跟美世和父親告知此事。

這時，突然想起什麼的清霞，從懷裡取出一個東西，然後將它扔給新。以極其自然的動作接下他拋過來的物體後，新皺起眉頭。

「這是？」

「前任當家沒收的證物之一。」

裝著惡鬼血液的小瓶子，這應該是被異能心教用於實驗當中的道具——或許可以稱之為人工異能的媒介吧。

「用這種東西，打造出一個嶄新而平等的世界嗎……」

新的表情變得苦澀起來。

「被異能心教奉為祖師的那名人物，八成也是異能者吧，否則不可能對異能有如此深入的了解。」

想研究異能的人，理所當然也必須對異能有很高的造詣。但在帝國，異能相關情報幾乎等同於國家機密。不是一般人能夠隨意涉獵的學問。

基於這樣的原因，有能力率領異能心教的人物，不是異能者，就是跟異能者家系相關的人。

「我想也是，你猜得到會是誰嗎，少校？」

「猜不到，回到帝都之後，有必要從頭開始調查一遍，不過……在目前這個時間點，國內應該沒有身分不詳的異能者，包括遠渡重洋來到日本的所有異能者在內。」

每個異能者最基本的動向，全都受到國家政府管轄。現在，政府應該也已經著手清查在國家掌握中的異能者的行動。

然而，清霞至今仍未收到已經查出祖師真正身分的聯絡，這樣的話——

他輕聲道出那個名字。

「……甘水直。」

「咦？」

「這似乎是祖師的名字，雖然也有可能是假名就是。」

淡淡這麼補充說明的清霞，察覺到新瞬間錯愕屏息的反應。

他好像不太對勁。清霞皺眉朝身旁望去。

「怎麼了？」

即使在微弱的月光照耀下，他仍能清楚看見新的一張臉變得慘白。像是為了強忍反胃感而掩住嘴巴的那隻手，看起來似乎微微顫抖著。愣愣地瞪大的雙眼，連眨也不眨一下。

眼前的這個人，完全不是平常那個遊刃有餘的新。

「你……剛才……」

「？」

「真的……說了……甘水……直……這個……名字？」

暗自感到不解的清霞點點頭。

「嗯，我是說了這個名字沒錯，怎麼了嗎？」

新以顫抖的手將酒杯擱在腳邊，像是為了讓自己冷靜下來那樣重重吐出一口氣。

他看起來很明顯對這個名字有什麼想法。不過，看到他一反常態地動搖的反應，清霞也不打算馬上進一步逼問。

「難道——噢，原來是……這樣啊，所以，堯人大人才會……」

呼吸變得又急又淺的新喃喃自語起來。

「解釋一下是怎麼一回事吧。」

「……說得也是。啊，妳來得正好。」

無力地望向後方的玻璃門時，新的視線捕捉到戰戰兢兢朝陽台窺探的美世的身影。

「那個……對不起，打擾到兩位了。」

「沒關係。」

清霞其實也有發現美世來到房間裡。只是，他剛才的注意力全都放在新異常的反應上，因此沒能即時回應美世從玻璃門另一頭呼喚他的聲音。

「這件事跟美世也有關，我希望她能一起聽。」

被新這麼一說，清霞也只能點頭表示同意。

新以一張蒼白的臉朝美世微笑，並招手示意她過來，然後讓她坐在陽台的椅子上。後者則是一臉不解地仰望著他。

「呃，新先生，您的臉色看起來……您還是坐下來比較……」

「請不用在意我。美世，針對這次發生的事情，妳了解多少？」

「啊……呃……我知道的不多，不過，我有聽老爺說過異能心教的事情。」

因為無法確定這次的事件暗藏多少危機，清霞有斷斷續續向美世說明過這幾天發生的事情。

尤其是異能心教。既然幕後黑手是和異能者相關的組織，過於無知，反而有可能招致危險發生。不過，想當然耳，清霞壓根沒打算讓美世太過深入這起事件。

「這樣啊。不愧是少校，考量總是相當周全呢。」

新反常地以拙稚的說法稱讚清霞——他真的很反常。

新以彷彿放棄了一切的表情望向遠方。

「倘若少校提供的情報屬實……和異能心教相關的所有罪行，恐怕都得歸咎於薄刃家。」

「這是什麼意思？」

「自稱是異能心教祖師的甘水直——甘水家其實是薄刃家的分家之一。」

聽到這裡，清霞大概也明白了。

直到前陣子，薄刃家都還是被神祕面紗籠罩的一個家系。既然甘水家是他們的分家，不在清霞所知的情報範圍內，也是很正常的。

「不過，甘水家本身並不是威脅，問題在於甘水直這個人。」

「你知道這個男人的背景經歷？」

「那當然。」

可以的話，我還真不希望聯想到他——新的表情看起來彷彿這麼感嘆著。

「少校。一如你的推測，甘水直是一名異能者。是已經為數不多的、擁有薄刃家異能的人物。此外——」

頓了頓之後，新朝美世露出微笑，然後繼續往下說。

「他還是美世的母親齋森澄美……不，薄刃澄美的未婚夫人選。」

聽到這裡，清霞和美世同時瞪大雙眼。

浮現在腦海中的，是美世出生之前的薄刃家的狀況。

沒錯。印象中，薄刃澄美原本預定要和同族的異能者結婚才對。先撇開本人的意願不談，至少薄刃家的大家長薄刃義浪是這麼打算。

當時的澄美正值適婚年齡，因此，就算有族人替她安排未婚夫人選，也沒什麼好奇怪的。

醉意完全從清霞的腦中褪去。

「因為這是在我剛出生沒多久時發生的事，所以我也不是很清楚，不過，甘水直似乎對美世的母親懷抱著遠超過一名未婚夫會有的感情。得知薄刃澄美遠嫁齋森家一事後，他隨即背棄了薄刃家，就此下落不明。」

「你說背棄？」

「是的。不用說，根據薄刃家的家規，背棄一族的人，將會受到極其嚴厲的制裁。只是，那個時候……」

「原來如此。那時的薄刃家，已經沒有餘力可以制裁甘水直了。不，或許一方面也是因為他的能力相當優秀？」

「兩者皆是。族人有嘗試追蹤他的去向，但最後終究一無所獲。至今，我們依舊竭盡所能在進行搜索，但仍然得不到有利的情報。」

新的神情不時明顯透露出萬念俱灰的感覺，清霞很明白他之所以會如此憂心的原因。

為什麼偏偏是現在？

薄刃家今後將開始改變。捨棄和世俗隔離的生活，轉變為像是久堂家這種一般異能者的家系，代代光明磊落地傳承下去。這樣的未來理應就在前方才是。

然而，倘若事情演變至此……和薄刃家相關的人物，在暗中企圖顛覆整個國家一事，一旦浮現於檯面上，薄刃一族的歷史恐怕就到此為止了。

「甘水直對薄刃家懷恨在心嗎？」

聽到清霞這麼問，新有氣無力地搖搖頭。無論在誰聽來，他的語氣都像是在自暴自棄。

「這種事情我怎麼會知道呢？他憎恨、仇視薄刃家，想報復薄刃家的可能性很高，但也有可能並非如此。不過，他想必是有什麼考量，才會做出這一連串的行動吧。」

看著他意志消沉的模樣，清霞也無言以對。

敵人擁有薄刃的異能——足以打倒其他異能者、能對人心產生作用的異能。除此之外，他還是一名天資優異的異能者。新所提供的情報中，大概就屬這兩點令人擔憂。

回想起過去和新交手的經驗，甘水直這樣的對手，恐怕無法跟一般的異能者混為一談。

老實說，對清霞而言，這是前所未見的威脅。

「不好意思，讓你們看到我這副狼狽的樣子。」

「新先生……」

美世擔心地輕喚。

這麼說來，新曾表示他會來到這裡，是基於堯人的指示。那位不食人間煙火的皇子，想必早已窺見新和清霞知曉甘水直這個人的未來了吧。

將眉毛彎成八字狀苦笑的新，拾起原本擱在腳邊的酒杯。

「我先回房了，兩位請慢慢享受吧。不過，別待太久嘍，免得著涼。」

這麼表示後，新便踏著緩慢的步伐離開陽台。

這樣的他，背影看起來彷彿比平常瘦小許多。

◇◇◇

不知該作何反應的美世抬頭仰望夜空。

薄刃家，還有自己的生母。儘管不曾忘記，但美世總有種「這些人事物都已經是過去式了」的感覺。

倘若自認是薄刃家的一員，她剛才應該對新說點什麼才對。不過，她也覺得幾乎一直跟局外人沒兩樣的自己，似乎沒有什麼能夠說出口的話。

「美世，會不會冷？」

「不會。謝謝您，老爺。」

今晚的氣溫偏暖，再加上美世還在和服外頭罩上一件外套，所以並不覺得冷。

雖然身體狀況不要緊，但她的心境此刻相當複雜。或許是這樣的情緒表現在臉上了吧，清霞將放在陽台的另一張椅子拉過來，在美世旁邊坐下。

「……真是棘手啊。」

棘手，感覺沒有比這更貼切的說法了。

問題彷彿接二連三地冒出來，然而，美世並沒有能針對這些問題做點什麼的力量。就連自身的立場，都顯得飄忽不定。

「有沒有什麼……我也能做到的事情呢？」

薄刃家將美世視為家人看待，面對不知道一般的父母親和兄弟姊妹是什麼感覺的美世，身為外祖父的義浪、以及像個兄長的新，都十分珍惜她。

儘管很想為他們做些什麼，但光是自己的問題就忙不過來的美世，實在過於渺小。

「我想，那個男人應該不是希望妳做些什麼，才會說出這些事。」

「可是……」

清霞伸出大大的掌心，輕柔地撫摸美世的頭。

「站在我的立場，我只希望妳不要被捲進麻煩裡，平平安安的就好。這是我最大的願望。」

這麼說太狡猾了。

美世當然也希望所有人都能夠平安無事，正因如此，她才渴望成為大家的助力。還只是半桶水的她，懷抱這樣的期望，或許很不自量力就是了。

「薄刃家不會有事的，我也會盡可能做自己所能做到的事。」

接著，清霞花了半晌思考接下來的發言，然後慎重地開口。

「……我能明白妳內心的焦急無力。」

「！」

「我也知道妳為了彌補自己的不足，做了非常多的努力。然而，妳所渴望的東西，並非一朝一夕就能入手，也是不爭的事實。」

「……是的。」

在美世心中不斷打轉的無力感和焦躁，原來早已被清霞看穿。感到有些難為情的她，不禁將手撫上自己的胸口。

「美世，妳所做不到的事情，就由我來做。我會代替妳，連同妳的份一起努力。妳不喜歡這樣嗎？」

「老爺……」

「應該交給妳負責的事情，我會讓妳負責。妳的力量所不及之處，就由我來補足。我想跟妳共度人生，不是什麼事都自己一肩扛起，而是互相幫助、彌補彼此不足的部分。這樣的話，我們就能成為並肩一起走下去的夫妻了吧。」

清霞這番話，聽起來似乎只是普通的安慰。然而，倘若僅只如此，從他望著美世的一雙眸子深處透出來的熱意，又是什麼呢？

（並肩……一起走下去的夫妻……）

為什麼這個人總是如此清楚美世真正想要的東西呢？

（在內心深處，我或許還是覺得，要是自己沒能成為一名配得上老爺的異能者或是淑女，就不可以待在他的身邊……）

今後，倘若想繼續和清霞並肩往前，自己就必須盡快追上他才行。這樣的想法，讓美世無意中為焦慮的情緒所困。這或許就是清霞所說的「什麼事都想自己一肩扛起」吧。

美世沒能相信每天都努力不懈的自己。

「老爺……我有確實成為支撐您的存在嗎？」

聽到美世以帶著迷惘和猶豫的語氣這麼問，清霞朝她淺淺一笑。

「嗯，那當然了。對我來說，妳早已是不可或缺的存在，所以——」

未婚夫宛如藝術品的俊美臉蛋緩緩靠近。

（咦……）

美世連思考「為什麼」都來不及。看到彼此的鼻尖貼近到幾乎相觸的程度，她反射性地用力閉上雙眼。下一瞬間，某個柔軟溫熱的物體輕觸她的唇瓣。

愣愣地睜開雙眼後，美世看見白皙臉頰染上一抹嫣紅的清霞，正朝自己露出溫柔不已的笑容。

「所以，等春天到來時……妳願意成為我的妻子嗎？」

「我……我願意。」

「謝謝妳。」

眼前這個人此刻展露的笑容，自己想必一輩子都不會忘記吧。

思考完全停擺的美世茫然地這麼想。

隔天早上，美世第一次覺得踏出房門是如此艱難的一件事。

一如往常地在天亮前就醒來的她，一直躺在床上胡思亂想，直到太陽開始升起。

（嘴……嘴……嘴唇……）

那個光景不斷在腦海中反覆浮現，讓美世害羞到幾乎昏厥過去。

在那之後，關於自己究竟是怎麼返回這個房間裡，她已經完全沒有印象了。

唯一可以確定的是，她沒有照著一開始的安排，和清霞共用同一個房間，真的是太好了。在昨晚那件事之後，要是還跟他同床共枕，自己的心臟絕對承受不了。

（可、可是，如果是未婚夫和未婚妻，親吻這種行為……）

大家應該都會做，而且也視為理所當然……對吧？

美世沒有年齡相仿的朋友，所以實在不清楚這方面的現況。回到帝都後，要詢問葉月看看嗎？不，可是，光是回想起來，美世就覺得臉頰發燙到幾乎快要噴火。要這樣的她口頭說明狀況，恐怕是不可能的任務。

（我今天到底該用什麼樣的表情去見老爺才好？）

美世將臉埋進純白的枕頭裡，不自覺地發出「嗚嗚～」的呻吟聲。

持續思考這類毫無意義的問題後，美世開始在意起「雖然兩人是未婚夫妻的關係，但清霞為何要親吻自己呢？」這種小事。

美世也是正值花樣年華的女孩子，她明白親吻彼此的嘴唇，是互有好感的男人和女人會有的行為。真要說的話，這也是戀人們、尤其是未婚男女用來確認彼此心意的行為。

（我……是老爺的戀人嗎？不。）

不對，美世只是清霞透過相親而結識的結婚對象。

不過，能因為相戀而結婚的人原本就很罕見，大多數的人都是透過相親安排而結為夫妻、或是感覺彼此合不來而分開。在締結婚約、或是已經結為夫妻的狀態下相處一段時日後，或許就會對彼此日久生情吧。

然而，要問自己跟清霞是不是已經對彼此萌生好感的戀愛關係，美世的答案是否定的。

想到這裡，她的腦袋稍微冷靜了一點。

（老爺他為什麼……）

那不可能只是一時興起。清霞這個人，絕不會做出這種輕率的行為。

既然不是輕率的行為，就一定有它的理由。

（對了，老爺有問我『妳願意成為我的妻子嗎？』所以，他一定是想告訴我，結婚就是這麼一回事吧。）

儘管是自己歸納出來的結論，但美世仍覺得這樣的判斷好像錯得離譜。然而，除此之外，她想不出其他的原因。

一個人在房裡手足無措地胡思亂想，讓她感到相當難為情。沒有以這種手足無措的狀態出現在清霞面前，真的是太好了。

美世「呼～」地吐出一口氣，從棉被裡頭爬出來，以有些消沉的心情更衣，然後走出房間。

洗過臉之後，她來到洗衣處。

因為洗衣是自己平常也會做的家事，所以美世打算過來幫忙，但不知為何，已經完全將她視為少夫人看待的女性傭人們強烈制止她這麼做。不過，在美世的懇求下，她最後仍加入了洗衣的行列。

忙碌了一陣子之後，太陽完全升起，早餐的時間也跟著到來。

「啊，新先生，早安。」

來到飯廳後，美世發現昨晚以訪客身分留宿在這間別墅裡的新，已經出現在裡頭。

「早安，美世。抱歉，我昨天的態度有點奇怪。」

微微垂下眉毛這麼說的他，看起來已經恢復成一如往常的狀態。

「不會……那個，不過，如果有我能夠幫得上忙的事情——」

「請不用在意。」

看到新笑著搖搖頭，美世只能把沒說完的話吞回肚裡。

「請妳考慮自己就好，美世。如同我昨天所說的，甘水直很可能對妳的母親懷抱著特別的情感。因此，他說不定也打算對身為薄刃澄美的女兒的妳做些什麼。」

當然，我也會竭盡所能保護妳就是了——新半開玩笑地補上這麼一句。

這麼說來，他曾向清霞提議讓自己擔任美世的保鏢。那時，清霞雖然沒有答應，但最後還是退一步，選擇讓新來指導美世如何掌控異能。

肩負起指導者的工作後，新和美世相處的時間也跟著變長，從結果來看的話，也算是發揮了保鏢的作用吧。

根據新的說法，清霞支付給他的報酬相當豐厚。所以，或許這樣的結果，也在清霞的掌握之中吧。

「是。我會多加注意的。」

「請務必這麼做喔。」

原本應該是很普通的笑容，但在見識過新昨天震驚到彷彿失了魂的模樣後，美世總覺得他看起來令人有些不捨。不過，她不知該不該將這樣的感覺說出口。

或許是察覺到美世困惑的反應了吧，新露出苦笑。

「其實，我也比較希望妳一直乖乖待在家裡就好呢。我想久堂少校應該也是這麼想——」

「麻煩你不要擅自揣測別人的想法。」

聽到突然從身後傳來的低沉嗓音，美世的心臟狠狠地抽動一下。

「噢，早安，久堂少校。你說我擅自揣測，但我應該沒說錯吧？」

「美世是我的妻子。有我守護她，就不會有任何問題。」

「妻子……你會不會太心急了呢？成婚的日期已經決定好了嗎？」

「明年春天。在那之前，我會解決掉所有麻煩的問題。」

被這兩個男人營造出來的濃濃火藥味籠罩的美世，因為心跳過於急促，腦中幾乎一片空白。她無法轉身望向後方的清霞。

或許是為她的態度感到詫異吧，清霞主動繞到美世的前方。

「怎麼了，美世？」

還問我怎麼了，你明明知道原因。

雖然這麼想，但美世理所當然不可能這樣開口抗議。看到那張靠過來窺探自己的俊美臉蛋，美世整個人從頭頂到腳尖一口氣急遽升溫。

「老、老爺……早……早早早安。」

「嗯，早安。妳的臉很紅喔。」

「沒沒沒……沒有遮……」

沒有這回事——原本想這麼說的美世狠狠地吃了螺絲。

她感覺自己羞恥到幾乎快要死掉了，倘若現在地上有個洞，她真想鑽進去。

新露出壞心眼的笑容，像是看好戲那樣打量著美世手足無措的反應。

「少校。昨晚，在我離開之後，你對美世做了什麼嗎？她看起來有點反常喔。」

「沒做什麼。」

清霞淡淡回應。

美世以雙手掩著發燙的臉頰，默默等待自己冷靜下來。

三人有一搭沒一搭地說著話時，正清和芙由一起來到了飯廳，對話也到此中斷。要是再繼續被新追究下去，美世可承受不了，所以她暗自鬆了一口氣。

另一方面，她實在不明白清霞為什麼還能維持如此冷靜的態度。

（老爺昨晚有喝酒，難道……是因為喝醉了，所以什麼都不記得？）

不不不，這就更不可能了。

清霞的酒量好到異常的程度，再加上他也不是喝醉就會失憶的體質，所以不可能是這種原因。

在餐桌前坐下後，美世悄悄望向身旁。

（總覺得……昨晚發生的事好像一場夢呢。）

看到清霞完全一如往常的態度，美世忍不住這麼想。不過——

不知為何，她感覺芙由的視線不時飄向自己。在這種狀態下靜靜吃完早餐後，美世準備返回自己的房間。就在這時候——

「美世。」

「是……是！」

聽到清霞的呼喚，她停下腳步轉身。發現他比想像中還靠近自己後，美世吃驚地微微跳了起來。

「噫！」

不禁想往後退的時候，清霞的手卻攬住她的腰，一把將她拉向自己，讓美世腦中陷入一片混亂。還不只這樣。清霞甚至附在她的耳邊輕聲說話，耳朵感受到他呼出來的氣息的美世，幾乎覺得眼前一陣天旋地轉。

「美世，希望妳別忘了昨晚發生的事……那代表了我的心意。」

「咦……咦，咦？」

心意？那是老爺的心意？所以……這是什麼意思？

徹底陷入混亂、而且又壓根沒有戀愛經驗的美世，實在不明白清霞這番話的意思。不過，清霞似乎也能理解她內心的困惑。

「不用太過焦急。不是現在也無妨，只要妳有一天能理解就好。」

語畢，清霞移開原本緊貼著美世的身子。

美世只能在原地茫然目送他的背影離開飯廳。

（好，行李應該都收得差不多了。）

再過一會兒，她就要告別這間別墅了。

在檢查有沒有忘記打包的物品時，待在這裡的期間所發生的事情，再次浮現於美世的腦海之中。

（到頭來，我跟婆婆之間的問題，之後也沒有任何進展呢……）

美世想相信自己和芙由還不至於到交惡的程度。不過，她最後依舊無法改善現況，想和芙由好好相處的願望，也終究沒能實現。

想到自己只是讓清霞和芙由的關係變得更加惡劣，她就感到萬分過意不去。

當初，自己果然還是不應該做那些多餘的事情嗎？

忍不住感到消沉的美世，將視線移向擱在床上的某件替換用衣物。

（難得有機會，我本來想帶來這裡穿上的……可是，只顧著一個人興高采烈，感覺像個傻瓜呢。而且，說不定又會惹婆婆不開心。）

美世伸手輕觸這件造型設計很可愛的淡紫色洋裝。這是她在造訪別墅之前，和葉月一起外出採購的服裝。

因為想穿給清霞看，美世原本想在回程路上換上這件洋裝。然而，把洋裝從行李箱裡拿出來之後，她卻又鼓不起勇氣換上它。

一個人悶悶地思考到底該怎麼做時，突然有一陣敲門聲傳來。

「請問是誰？」

『少夫人，我是苗，可以讓我入內打擾一下嗎？』

「是，請進。」

聽到美世的回應，苗輕輕打開房門入內。

「少夫人，我來一起幫您收拾行李……不過，您看起來似乎不太需要幫忙了呢。」

原來是這樣。一般情況下，這種事情或許應該交由傭人來負責，但美世一不小心就全部自己做完了。

「真、真的很抱歉。」

「不，這不是您需要道歉的事。其實，說要幫您收拾行李，也只是藉口……」

「？」

藉口？什麼的藉口？

看到苗欲言又止的態度，正當美世感到不解時，一個「我說妳！」的尖銳指責聲傳來。

「苗，我不是交代妳不能說出那件事了嗎！」

橫眉豎目地從房門後方現身的，是今天也以一襲華麗禮服來妝點自己的芙由。

「婆婆？」

「我不是要妳別用這個稱呼了嗎？怎麼每個人都這麼目中無人呀，完全不聽我的命令。真是討厭呢。」

芙由一臉不悅地開口抱怨。

在昨天那件事之後，除了用餐時間以外，芙由幾乎不曾跟美世碰過面，難道是因為她對美世的不滿已經累積到極限了嗎？而她現在之所以會出現在這裡，是為了把所有的怨氣一次發洩出來？

看到芙由露出宛如鄙視蟲子那樣的眼神朝自己走近，美世的身體自然而然緊繃起來。

「你們要回帝都了是嗎？我真是打從心底覺得神清氣爽呢。」

如美世所想，從芙由線條優美的唇瓣之間吐露出來的，是一如往常的酸言酸語。

「是的。那個……實在非常抱歉，我在各方面都……」

「是呀。簡直像是一場災難，我甚至不希望你們再來了。」

「夫人……」

「苗，妳這個叛徒給我閉嘴。真是的，我可是很清楚的喲，你們都站在這個小姑娘這邊，對吧？」

聽到苗出聲勸阻，芙由以堅定的語氣反駁她。

的確，這間別墅裡的傭人，現在都已經完全將美世視為少夫人對待了。芙由之所以會說苗是叛徒，就是因為苗沒有和不認同美世的她站在同一陣線的緣故吧。

以鼻子哼了一聲後，芙由將視線移向攤開在床上的那件洋裝。

「那是妳的衣物？」

滿心不安的美世輕輕點頭。

「是、是的，沒錯……」

「是嗎？看起來倒不是便宜貨就是了。」

那是美世跟葉月一起到百貨公司買下的洋裝，雖然是葉月掛保證的款式，但美世現在一下子沒了自信。

「妳幹什麼垮著一張臉呀？簡直難看到令人不敢置信呢。清霞也真是的，身為我的兒子，眼光卻糟糕成這樣。」

「非常抱歉。」

美世垂下眼簾開口道歉。

她什麼都做不到，什麼都沒能改變。美世總覺得這樣的自己，或許已經連站在芙由跟前的權利都沒有。

她現在所能做的，只有避免讓芙由對她的印象變得更差。

像待在娘家時那樣，除了卯起來賠罪以外，什麼都做不到的自己，讓美世覺得很沒出息。而這樣的想法，也比任何惡毒的言語都更讓她難受，淚水感覺即將奪眶而出。

為了不讓芙由發現覆蓋在眼球表面的那層水氣，美世垂下頭來。

「哼，真痛快。雖然想這麼說，但老爺可能又會覺得我在欺負妳，然後對我動怒了吧，麻煩妳別哭哭啼啼的。」

「非……非常抱歉。」

愈是急著想將眼淚吞回肚裡，它就愈是不斷湧出。

（明明不可以哭出來的……）

一味道歉，然後流淚，這樣跟過去又有什麼差別呢？

一如美世無法扭轉自己和芙由之間的關係那樣，就連她以為已經有所改變的自己，會不會其實也完全沒有變？

過去是無法改變的，芙由說得沒錯。那麼，在這樣的過去之中長大成人的自己，或許也沒辦法改變。

這讓美世有種雙腳陷入無底沼澤的絕望感。

「妳的賠罪讓人很不愉快呢。」

「！」

「這樣不停道歉，有什麼意義嗎？道歉的次數愈多，愈會讓別人覺得妳的誠意不足。沒有任何價值的賠罪，聽了只會令人厭煩而已。」

「啊……」

不要道歉——

美世沒有忘記清霞以前對自己說過的那些話，過度的賠罪，只會讓這種行為變得廉價。她又犯下同樣的錯誤了。

自己真的是愚蠢得無藥可救。

「我不會同情妳的過去，也不會接受妳那令人厭煩的賠罪，更不會認同不知禮數、給人感覺又像個下人的妳。」

芙由的語氣聽起來堅定而屹立不搖。

美世認為這是源自於她心中的——某種堅如磐石的意志，這個人擁有美世所沒有的強韌。

要是能跟這樣的芙由變得更親近就好了。之所以做不到，完全是因為美世個人的能力不足。

「不過……」

感到沮喪不已的美世，為了不讓淚水湧出而拚命對眼眶使力時，卻聽到芙由接著道出令人意外的發言。

「身為清霞的未婚妻，我認為妳應該有確實盡到自己的職責。」

「咦……」

在美世吃驚地抬起頭來的同時，芙由打開扇子掩住自己的嘴巴，同時移開視線。

「妳可別搞錯了。妳長得難看、不知禮數、窮酸、陰沉、缺乏教養、骨瘦如柴、沒有氣質或自信、甚至連一點自尊心都沒有。是個只能勉強滿足人類最底線的水準的姑娘。」

芙由宛如連珠砲般道出的這些辱罵，讓美世完全來不及反應，只能默默聽她數落。

「不過，妳雖然擁有異能，卻沒有用這件事來反駁我，或是向我示威呢。」

芙由輕聲道出的這句話，還沒傳入美世耳中，便消失在空氣裡。

下一刻，她像是突然回過神來那樣，再次以高亢的嗓音開口。

「妳為了清霞而行動的這份心意，倒是勉強有達到或許足以讓我覺得『認同妳也無妨』的程度！」

聽到芙由這麼說，美世只能一臉茫然地以「噢……」回應。

她的這句話聽起來好複雜，到底是什麼意思呢……一下子沒能反應過來的美世，只能愣在原地望著芙由。

看到她的反應如此遲鈍，芙由的雙頰一瞬間脹紅。

「夠了！把手給我伸出來！」

「是……是。」

一頭霧水地伸出雙手後，有個東西輕飄飄地落在美世的掌心上。

那是個以白色蕾絲縫製而成、輕巧可愛的蝴蝶結。

美世愈來愈無法理解現在的狀況了。

「這是我還年輕時用的東西。也就是不會再用第二次的、跟過時的垃圾沒兩樣的便宜貨，這點程度的東西，最適合妳啦！」

「請問，您……要把這個蝴蝶結送給我嗎？」

「這怎麼可能呀。我說那是垃圾，垃圾！反正妳看起來也很喜歡做傭人的工作，就給我拿去扔掉吧！」

「可是……」

這個蝴蝶結看起來並沒有因為經過漫長年月而變得陳舊，感覺應該一直被主人好好珍藏著。更何況，上頭的蕾絲看起來做工非常精緻，因此絕對不可能是什麼便宜貨。

對芙由來說，這個讓她一直珍惜至今的蝴蝶結，理應不會是垃圾才對。

芙由「哼」地瞪了美世一眼，再次以尖銳的嗓音開口表示「妳聽好了！」

「那是垃圾，垃圾！如果妳無論如何都想要那個垃圾，偷偷把它占為己有也無妨，不過，那是我本來打算扔掉的東西就是了！」

再次一口氣說完這句話後，芙由便帶著劍拔弩張的氣勢走出房間。

原本幾乎要溢出眼眶的淚水、以及籠罩著內心的絕望感，現在都不知道消失到哪兒去了。美世只能杵在原地，啞口無言地目送芙由的背影離去。

她有種被強烈颱風掃過的感覺。

「這個……該怎麼辦才好呢……」

掌心裡的這個蝴蝶結，雖然被芙由說成垃圾，但在美世看來完全不是這麼一回事。

因此，她實在無法將它扔掉。

在美世束手無策的時候，還留在房裡的苗替她解答了這個疑問。

「抱歉，少夫人。不過，我個人覺得您可以就這樣收下那個蝴蝶結。」

「是……這樣嗎？」

「是的。雖然只是我的推測，但我想夫人應該是打算將它送給您。」

根據美世這幾天的觀察，年齡較長的苗，似乎是眾多傭人之中最了解芙由的人物。此外，雖然沒有明說、也沒有表現出這樣的態度，但美世看得出來芙由很器重苗。

既然苗都這麼說了，理應不會有錯才是。

「請問……這是真的嗎？」

美世實在不明白，在芙由剛才的言行舉止之中，到底是哪個部分透露出「這是要送給妳的禮物」的意思。

「夫人她似乎對您有了不同的看法。我想，那個蝴蝶結或許就像是……代表夫人已經認同您的證據吧。若是您不願意收下，或許反而會讓夫人不開心。」

「婆婆她……認同我……」

剛剛才被芙由從頭到腳徹底貶低過的美世，實在很難相信這樣的事實。她半信半疑地將蝴蝶結擱在房裡的梳妝台上。

「少夫人。要是您不嫌棄，在更衣完畢後，我用那個蝴蝶結替您綁頭髮吧。」

「啊……呃……」

苗的這個提議讓美世很心動。白色的蝴蝶結，想必會跟這襲淡紫色的洋裝十分相稱。

不過，這麼做真的好嗎？將蝴蝶結交給她的本人，可是再三強調那只是個垃圾呢。

或許是察覺到美世心中的困惑了吧，苗朝她淺淺一笑。

「夫人確實有情緒起伏比較激烈的一面，也傾向以嚴苛的態度對待自己不中意的人事物，不過，她並不是壞心腸的人。只是，讓大家留下印象的，多半都是她不夠坦率的言行舉止這部分。」

「不夠坦率的言行舉止……」

「昨天，您為那名村人盡心盡力的表現，或許讓夫人感到佩服吧。雖然她不曾直接說過這種話就是了。」

美世試著回想芙由方才的發言。

『妳為了清霞而行動的這份心意，倒是勉強有達到或許足以讓我覺得「認同妳也無妨」的程度！』

這句話雖然兜了好幾個圈子，讓她當下聽得一頭霧水，但現在仔細回想的話，感覺芙由的意思……應該是她願意認同美世為了清霞而採取的一連串動作。

難以理解的發言、心直口快的個性，總覺得這樣的芙由，似乎跟美世熟悉的某人有幾分相似。

（老爺和婆婆的個性，感覺有點像呢。）

美世忍不住「呵呵」地輕笑出聲。

剛來到清霞所居住的那間小屋時，清霞也曾以極為冷淡的態度對待過她。而批評清霞為人冷酷無情的傳聞，也確實存在。不過，他其實是個很溫柔的人，只是不善言辭罷了。

明白這一點之後，就算看到清霞表現出有些冷淡的態度，美世仍會想要會心一笑。這兩人或許是一樣的呢。這麼想之後，美世感覺心情輕鬆了一些。

「少夫人，這間屋子裡的所有傭人，都很樂意盡心盡力地服侍您。所以，希望您日後務必再次光臨此處。」

儘管還很模糊、又只像是一顆小小的種子，但美世的心中湧現了希望。

「好的。我一定會再來。」

朝彼此展露笑容後，美世再次開始動手打包行李。

除了美世以外的人，現在都已經聚集在玄關大廳。

（果、果然還是讓人好緊張呀……）

第一次穿上的西式洋裝，雖然苗也稱讚「非常適合您呢」，然而，一旦要在眾人面前亮相，還是讓美世的心臟狂跳不已。

跟和服相較之下，西式服裝的長度偏短，腳邊通風異常良好的感覺，讓美世有些不安，同時也感到強烈的難為情。

她扭怩地躲在陰影處時，身後傳來一個嗓音。

「妳在做什麼？」

這個優雅無比的站姿，想當然屬於芙由，她似乎也剛來到這裡。

「因為我覺得很緊張，所以……」

「哎呀。看來，在妳多到數不清的缺點裡頭，現在恐怕得再補上一個『沒骨氣』了呢。」

「……」

「妳真的別上那個蝴蝶結了呀。」

「啊，是的。」

苗以一雙巧手，幫美世打理出整齊又動人的髮型。

在仔細梳理過後，僅將後腦勺上半部分的頭髮紮起、下半部分的頭髮則是自然下垂，也就是所謂的公主頭。不用說，紮起來的髮束，就是用那個白色蝴蝶結固定著。

「哼，這樣看起來還像樣一點。畢竟那原本是我在使用的髮飾，所以也是理所當然的呢。」

「非常感謝您。」

聽到美世發自內心的道謝，芙由回以「妳覺得感激是應該的！」然後別過臉去。

下一刻，她突然以沒有握著扇子的另一隻手，將美世的背推向前方。

「啊……」

在毫無預警的狀態下踏入玄關大廳的美世，發現眾人的目光隨即集中在自己身上後，不禁變得腦中一片空白。

「哎呀，美世也好適合西洋服飾呢。」

正清感覺有些輕佻的讚美聲最先傳來。

（老爺跟新先生也都在看著這邊……）

移動視線後，美世發現了同樣注視著自己的兩人，於是自然而然朝他們走去。

這兩人之中，率先開口的是新。

「美世，妳這身打扮非常迷人呢。既美麗又可愛，讓人忍不住想要一直盯著看。」

「非常感謝您……」

臉頰好燙。因為害羞，美世不自覺地重複將手指交握、然後再鬆開的動作。

她的視線在半空中游移，最後跟清霞四目相接。就在這個瞬間，他朝美世露出溫柔的笑容。

「那個，老爺……您覺得……怎麼樣……？」

「嗯，非常適合妳啊。很可愛。」

由於喜悅和些許的吃驚，讓美世的臉頰再次升溫。她連忙以手掩住自然而然上揚的嘴角。

（老、老爺說我可愛……）

清霞竟然會說出這樣的讚美。

雖然也期待聽到他的稱讚，但美世完全沒想到清霞會說自己可愛。她真的覺得很開心。

這或許就是所謂「欣喜到快要升天的」心情吧。

「啊啊……我那言行舉止一板一眼到幾乎可以當成教科書範例的犬子，竟然會稱讚別人可愛……芙由，看來，妳也只能認同嘍。」

「我才不管呢。我可不記得自己養大的兒子，是會用那種沒出息的傻笑誇讚女孩子的人。這樣的帝國男子漢也太令人遺憾了。」

兩人輕聲交談的內容，並沒有傳入當事人的耳中。

之後，一行人口頭上和彼此道別後，正清又分別對三人說了幾句話。

「清霞，舉行婚禮時，一定要邀請我們喔。我會跟芙由一起參加。」

「我考慮看看。」

「還有薄刃家的小少爺，你這次完全沒能好好休息嘛？下次就純粹過來觀光旅遊吧。」

「說得也是。我會來泡溫泉的。」

「美世，清霞就拜託妳嘍。」

「是。」

待美世等人坐上轎車後，聽到正清又補上一句「保重身體」，清霞以「該保重的人是你啦」輕聲回應。

最後，正清以大力到有些誇張的動作揮手道別。在這樣的他目送下，美世、清霞和新踏上返回帝都的路。

終章

為了履行這次的任務，對異特務小隊分成幾組人馬行動。

早在幾天之前，一般被稱為「無名教團」的異能心教，仍是個讓政府傷透腦筋的神祕組織。不過，身為小隊長的清霞前往外地出差後，獲得了能讓相關調查有所進展的情報。

因此，平常負責對付異形的對異特務小隊，收到了這樣的指令。

『政府已經鎖定教團相關分子可能出入的某個場所，隨即前往指定的地點進行鎮壓行動。』

而且，政府指定的那個地點，還是幾乎百分之百可以確定有多名教團信徒出入、準確性相當高的地方。

面對會施展異能的敵人，就派遣同樣會使用異能的部下過去正面交鋒。感覺大概是這麼一回事吧。

儘管有些無法釋懷，五道佳斗仍率領下屬來到位於帝都郊區的一間廢棄寺廟。

「所有人各就各位！」

在五道一聲令下，下屬之中的四個人開始行動。他們分別從四個方向包圍住寺廟。如同事前擬定的作戰計畫，五道打出暗號後，便跟剩下的兩名下屬一起抽出軍刀，衝進寺廟的正堂。

「我們是帝國軍！呃？」

原本已經做好交戰準備的五道，此時不禁皺起眉頭。

接近半毀的寺廟正堂，裡頭一片空空蕩蕩。根據情報指出，在白天的這個時段，應該都會有幾個人待在裡頭才對，但現在卻看不到半個影子。

當然，在展開突擊行動前，五道等人已經確認過周遭的狀況，但感覺對方也並非因為察覺到他們來襲而躲起來。

「五道先生，這跟我們收到的情報不一樣呢……是對方碰巧不在嗎？」

「但這樣也很奇怪啊～上級會把情報發送給我們，就代表他們應該已經反覆確認過正確性了。總之，不要掉以輕心。」

這麼回應下屬的同時，五道不敢大意，轉頭環顧正堂裡頭的狀態。

最先吸引他的目光的，是一個描繪在牆上的、看似教團紋章的巨大圖樣。既然有這個圖樣，就代表教團相關分子想必曾經聚集於此地。但——

「難道……是陷阱？但又是什麼樣的？」

五道不解地喃喃自語。

一行人已經事先確認過，這裡沒有任何物理陷阱、或是施術類的陷阱。

「五道先生，我們再次搜索過了，沒看到任何可疑的人事物。」

這樣的話，就有可能是情報內容有誤。在這種非常時期，這可是不容允許的失誤就是了。

（不，等等，也有可能是我們漏掉了什麼。）

五道這麼想的時候，一個類似用火燒烤什麼東西而發出的滋滋聲，幾乎在同一時間傳來。

直到前一刻，都還不存在的一個巨大的——看似炸彈的物體，赫然出現在五道的視野之中。

那看起來像是把火藥堆積起來，再加裝引線的簡單炸彈。不過，光是朝它的構造瞥一眼，五道便明白事情不會只是那個物體迸裂這麼簡單。

而且，最糟糕的是，引線前端的橘色火光，正急速朝炸彈本體接近。

彷彿被人從頭澆下一桶冰水的五道，反射性地大喊出聲——

「所有人張開結界！」

下個瞬間。

在一陣驚人的爆炸聲後，巨大的火舌吞噬了整間寺廟。

◇◇◇

雖然才離開幾天的時間，但在步下列車後，迎面而來的帝都熱鬧的氣氛，卻讓人莫名懷念。

乘坐好一段時間的列車後，三人順利踏上帝都中央車站的月台。

「悠閒的鄉下小鎮和農村也不錯，不過，回來帝都之後，總讓人有種安心感呢。」

「是的。」

聽到新以放心下來的語氣這麼說，美世也點頭附和。

清霞則是對他投以質疑的眼光。

「在貿易公司工作的傢伙說些什麼啊。」

「哈哈哈，我確實經常在不同的地方四處奔波，可是，我的據點畢竟還是在這裡呢。」

帝都人潮洶湧的喧囂景象、以及三人和平的對話。美世在這段旅行期間一直繃緊的神經，此刻終於慢慢放鬆下來。

不過，原本你一言我一句的清霞和新，突然一起沉默下來，然後露出嚴肅的神情。

「之後就要開始忙碌了。」

「就是說啊。」

異能心教、甘水直，以及薄刃家，問題可說是層出不窮。

接下來，他們想必得迎接一段慌張忙亂的日子。

美世的表情也自然而然地變得認真起來。

自己所能做的事情相當有限，不過，她想竭盡所能成為這兩人的助力。為此，她可不能自己一個人悠閒度日。

也必須更勤奮地進行異能相關的修行才可以。

三人一邊在車站熙熙攘攘的人群之中移動，一邊討論接下來的安排。

「我必須去向堯人大人報告。不過，因為不用太趕時間，就由我負責護送美世回去吧。」

「是，麻煩您了。」

「也是，那就拜託你了，我得先去值勤所聽五道把現況——」

至此，清霞的嗓音突然不自然地中斷。

新停下腳步，美世也跟著止步，望向這兩人。

正想開口詢問他們「怎麼了？」的時候，美世的背脊突然竄上一股寒意，全身上下也豎起雞皮疙瘩。

雖然一頭霧水，但她感覺有什麼不對勁。

（怎、怎麼……）

原本熱鬧喧囂的人聲逐漸遠去，彷彿只有美世一行人被隔離在這個世界之外似的。

同時，她感受到一股異樣、詭譎、同時又強烈到無法形容的恐懼。

「這是──」

「感覺是薄刃的異能。」

聽到兩人冷靜的嗓音，雖然讓美世稍微放心了一些，然而，發自本能察覺到有什麼即將來襲的她，仍忍不住嚥了嚥口水。

究竟發生了什麼事？這個問題的答案，隨後馬上揭曉了。

宛如只剩下美世三人的這個世界裡，一個人影無聲無息地浮現，然後逼近。

「初次見面，久堂家當家、薄刃家下一任當家、以及──」

──我的女兒。

此刻，災厄化為人形，出現在美世一行人的面前。

後記

各位，許久不見。

我是在小說第一集出版之後，收到不少「我不知道怎麼念、不會寫、記不住妳的筆名」的負面評價，但現在也開始被人以「不過，這個筆名很好找、很醒目」這種話安慰的顎木あくみ。

託大家的福，《我的幸福婚約》第三集也順利出版了。身為作者，能讓美世和清霞的故事延續下去，我覺得很開心。

而且，這集甚至完全是在一個「下集待續！」的狀態下結束了（因為可能有讀者會先看後記的部分，我會避免劇透）。我一邊營造出「這樣真的好嗎？」的悲傷氣氛，一邊幹勁十足地寫著，徹徹底底享受了寫作的樂趣呢！究竟，那個人的命運會何去何從呢？

此外，在第三集，我順利讓在比較早期就構思完成的清霞父母登場了。寫稿的時候，我覺得這兩人還滿有久堂家的雙親的風格，不知道大家覺得如何呢？

關於薄刃家、還有新的敵對組織，必須面對的問題還多得很。清霞和美世能否順利走向一如書名的結局？連我也覺得很興奮期待呢。

而在第三集出版的同時，由高坂りと老師繪製的《我的幸福婚約》漫畫版的單行本第一集也出版了。我在此強力推薦，老師的漫畫版真的非常優秀，請大家務必看看！此外，目前漫畫版也正在SQUARE ENIX的《GANGAN ONLINE》上連載（二〇二〇年二月），請大家多多指教(註3)。

接下來……被我添了比上次、還有上上次更多的麻煩，卻仍盡心盡力協助我出書的責任編輯大人。我實在無臉面對您。真的非常感謝。

替我描繪亮眼的封面插圖的月岡月穗老師。出自您筆下的美世和清霞，總是美麗到令人喪失言語能力的程度。我在此由衷表示感謝。

最後是繼第一、第二集之後，再次選擇了本書的各位讀者。真的非常感謝大家。多虧大家的支持和打氣，所以才會有這本第三集。但願大家都能看得開心。

註3：以上為日本出版情形。

那麼，期待未來再和各位相會。

顎木あくみ

國家圖書館出版品預行編目資料

我的幸福婚約 三 / 顎木あくみ作 ; 許婷婷譯 .
-- 初版 . -- 臺北市 : 臺灣角川股份有限公司 ,
2021.07-
冊 ; 公分 . -- (Kadokawa light literature)

譯自 : わたしの幸せな結婚 三
ISBN 978-986-524-632-7(第 3 冊 : 平裝)

861.57 110000936

輕文學 Light Literature

我的幸福婚約 三

原著名＊わたしの幸せな結婚 三

作　者＊顎木あくみ
插　畫＊月岡月穗
譯　者＊許婷婷

2021年7月29日　初版第1刷發行
2023年6月14日　初版第3刷發行

發行人＊岩崎剛人
總　監＊呂慧君
總編輯＊蔡佩芬
主　編＊李維莉
美術設計＊林慧玟
印　務＊李明修（主任）、張加恩（主任）、張凱棋

台灣角川

發行所＊台灣角川股份有限公司
地　址＊104台北市中山區松江路223號3樓
電　話＊（02）2510-3000
傳　真＊（02）2515-0033
網　址＊www.kadokawa.com.tw
劃撥帳戶＊台灣角川股份有限公司
劃撥帳號＊19487412
法律顧問＊有澤法律事務所
製　版＊尚騰印刷事業有限公司
I S B N＊978-986-524-632-7